錦繡

きんしゅう

宮本輝

Miyamoto Teru

張秋明——譯

台灣版序

宮本輝

現今的世界隨著經濟貧富懸殊，人類也陷入了精神性貧富差距的漩渦之中。愈來愈多的人被膚淺的東西吸引，卻厭惡深刻的事物；過度評價無謂小事，卻蔑視真正重要的大事。

而我想，這個傾向將會日益嚴重吧。

然而，在精神性這個重要問題上，其實無關學歷、職業與年齡。因種種原因無法接受高等教育的無名大眾中，還是有許多人擁有深度的心靈；反觀更有無數從優秀大學畢業的人，做著令人欽羨的工作，仍無法擺脫幼稚膚淺的心智，任由年華虛長。

我二十七歲立志成為作家，至今已經四十年。這段時間以來，我總秉持著，想帶給那些含藏著深度心靈、高度精神性的市井小民幸福、勇氣與感動的信念來創作小說。

四十年來，我所引以為豪的，是我努力在小說——這個虛構的世界裡，展示了對人而言，何謂真正的幸福、持續努力的根源力量、以及超越煩惱與苦痛的心。

因此，那些擁有高學歷、經濟優渥，卻心智膚淺、精神性薄弱的人，應該不會在我的小說面前佇足停留。

而有這麼多台灣讀者願意讀我的小說，我感到無上光榮也十分幸福。衷心希望今後能將作品與更多的朋友分享。

錦繡

錦繡

宮本輝 著

致 有馬靖明先生

前略[1]

我真的難以想像，竟然在從藏王大理花公園登上獨鈷沼澤[2]的登山纜車上，與你再度相逢。因為太過驚訝，抵達獨鈷沼澤的二十分鐘內，我幾乎無法言語。

仔細回想，像這樣寫信給你，已經是十二、三年前的事了吧？我以為不再有相見的機會，卻在意料之外與你重逢。看見你迥然不同的顏容與目光，我幾經迷惘、深思熟慮之後，還是用盡方法調查你的住址，寄出了這封信。你儘管取笑我的恣意任性與永遠不懂得記取教訓的性格吧。

那一天，我一時興起，在上野車站搭上新幹線列車「翼」三號，因為我想讓兒子從藏王山頂上欣賞星空（我的兒子名叫清高，已經八歲大）。

在纜車中，你大概也發覺了，清高天生是個殘障兒，除了下半身不太方便，智能也較同齡小孩落後個二、三歲。不知道為什麼，他特別喜歡看星星，常常在空氣清澄的夜晚走到香爐園家中的庭院，花好幾個鐘頭欣賞星空也不厭倦。

在父親位於青山的公寓住了兩晚，就在返回西宮香爐園的前一個晚上，我隨手拿了一本雜誌來看，一幅從藏王山頂上拍攝的夜空照片映入眼簾。美得令人屏息的滿天星空，讓我不禁想讓出生後從來不曾出門遠行的清高也能親眼目睹。

父親今年七十歲了，每天還是精神抖擻去上班，一個月裡有半數時間必須留在東京的分公司坐鎮。誠如你所知道的，青山的公寓依然是他東京的住所。比起十年前，他的頭髮都白了，也有些駝背，平日分住在香爐園和青山公寓兩地，生活倒也平安愉快。

不料在十月初，公司派車去接他，下階梯時，他一個不小心踏空，扭傷腳踝，骨頭有些裂縫，內出血很嚴重，幾乎無法行走，於是我帶著清高，慌忙搭新幹線趕去。父親一不能行動就容易發脾氣，又對照顧他的女傭育子頗多微詞，因此打電話叫我過去。

我心想可能得待比較久，只好帶著清高同行。幸好父親只是扭到腳踝，沒什麼大問題，加上看到我和外孫的臉，心情一下子便好了起來，居然又擔心起香爐園的家，催著我趕緊回去。對於父親的任性，我是驚訝又好笑，麻煩育子及岡部祕書好好照顧父親後，我帶著清高到東京車站搭車回香爐園，就是這樣才看見了藏王的觀光海報。

正好是紅葉季節，滿版畫面上舒展著色彩繽紛的樹枝。對於藏王，我一向只知道它以冬天的樹冰聞名；如今駐足在東京車站廣場，想像那些即將化成無數樹冰的樹木，在滿天星斗的背景下換上鮮豔的衣裳隨風搖曳……毫無來由地，我很想讓身體不太自由的兒子欣賞涼爽的高山美景與繁密星空。

我將心意告訴清高，他明亮的眼睛透出高興的情緒，彷彿訴說著：我想去、我想去。對我們母子倆而言這算是冒險吧。我們走進車站內的旅行社，訂購前往山形的車票，預約藏王溫泉的旅館，要求回程改搭從仙台到大阪的飛機。

沒想到機艙客滿，得更改行程，必須在藏王或仙台多住一晚。我決定住在藏王兩個晚上，然後回上野車站。如果當初只在藏王住一晚，就不會與你重逢了。至今我仍覺得整件事十分不可思議！

山形的天色陰鬱。坐在從山形車站開往藏王溫泉的計程車裡，我眺望天空，難掩失望的情緒。突然間想到這是我第二次造訪東北；想起和你去新婚旅行那年，我們從秋田的田澤湖前往十和田。

那一晚，滿溢的溫泉像渠水般流進街上的水溝，我們母子住進了硫磺味濃得嗆人的溫泉區旅館。烏雲遮蔽了夜空，是一個看不見月亮與星星的夜晚。山中的空氣清新，加上又是我們母子第一次外出旅行，心情有些興奮。

隔天一早天氣晴朗，清高拄著枴杖，一副很想快點去搭登山纜車的樣子。於是我們用過早餐、沒有休息便趕往大理花公園的登山纜車站。在山形這麼遠的地方，而且是在藏王的山中，無數環繞來回的纜車裡面，我們居然同時搭上了同一部纜車。這樣的偶然，光是想像便令我心頭一凜！

好幾組遊客排隊等待搭乘纜車，不到二、三分鐘便輪到我們母子。服務員打開車門，將拄著枴杖的清高抱進車廂，我也坐了進去，這時聽見服務員問道：「有沒有單獨的客人要先搭乘呢？」一個穿著淡褐色大衣的男人擠進狹小車廂，坐在我們母子對面的位置上。

車門關上，車廂微微震動後，我才猛然發現那個人就是你。該如何形容當時我的驚訝呢？那時你還沒發現我，脖子埋在豎起的大衣領子裡，專心地欣賞車窗外的風景。在你的視線直楞地看著玻璃窗外的同時，我卻是不敢眨眼地注視著你的臉。我是為了欣賞紅葉而搭上纜車的，卻完全無心瀏覽林樹，反而不斷凝視眼前久別的你。

在那短暫的時間裡，好幾次我自問自答：這個人真的是我的前夫有馬靖明嗎？如果真是有馬靖明，為什麼出現在山形藏王這部登山纜車裡呢？我並非對此偶然感到驚訝，而是因為十年不見的你，模樣與我心目中根深柢固的形象相差太遠。

十年了呀……當時二十五歲的我已經三十五歲，你也三十七歲了。我們彼此都到了外貌明顯表露歲月痕跡的年齡。可是你的轉變還是過於不尋常，我直覺認為你的生活一定不太安穩。

我這麼說，請你不要生氣。現在的我，到底為了什麼寫這封信，自己也不清楚。我只當作這是最後一封寫給你的信，坦誠寫下自己的心情。話雖如此，事實上我仍遲疑著是否要將這封信投入郵筒。

終於，你不經意地將視線轉向我，又轉往窗外的景致，然後才吃驚地睜大了眼，再度看著我。就這樣，我們四目相對了好長一段時間。我心想應該說些什麼，卻找不到話語。好不容易我才想到該說「好久不見」。「真的是好久不見」，你回答，然後一臉木然地看著清高，問道：「是你的小孩嗎？」我試圖鎮定，只能强壓住顫抖的聲音回一句：「是的。」火紅茂密的葉叢自纜車兩側玻璃窗外流洩而過，倒映在我空虛的眼瞳中。

過去不知多少人問我「清高是你的小孩嗎」，因為清高很小的時候，除了肢體殘障外，長相一臉呆傻。有些人擺出明顯的同情臉色，有些人則是故意裝得面無表情問我。遇到這種情況，我總是直視對方的眼睛，昂然挺胸地回答「是的」。然而當你也問我「是你的小孩嗎」，我卻湧起過去未曾有的羞恥感，徬徨猶疑地輕聲作答。

纜車朝著獨鈷沼澤的出口緩緩攀升。遠方逐漸顯現朝日連峰綿延的山頭，溫泉市街的屋頂在眼前的山腰處閃爍。飯店建在距離溫泉市街稍遠的另一處山坡上，紅色屋頂隱約現於樹梢間。不知為什麼，至今我依然清晰記得，在那一瞬間，我聯想到鎌倉時代的軸畫所描繪的地獄之火。或許是因為纜車搖晃之際，內心的不平靜與緊張讓我的精神陷入了異常狀態吧。因此在纜車裡的二十分鐘，我明明能和你聊許多話題，卻一逕沉默，光想著什麼時候才能早點抵達終點。

就跟十年前與你分手時同一個模式。我們踏上離婚一途之前，應該多加溝通彼此的感受，我們卻沒這麼做。十年前，我固執地不肯要求你說明那件事，你也賭氣閉口不談，完全不做任何辯解。當時二十五歲的我總無法變得溫柔寬容，而二十七歲的你身段也不能放得更低。

樹木的枝葉愈來愈茂密，遮住陽光，纜車裡變暗了，你坐在對面，順著我的肩膀看著前方低喃說：「到了。」霎時，我看見你脖子右側的傷痕，心想「是當時留下的吧」，不禁趕緊避開視線。踏上髒灰色的月臺，一走進通往獨鈷沼澤的蜿蜒小路，你立刻說聲「那就再見了」，輕輕點頭後便迅速離去。

我將盡可能誠實地寫出這封信。在你離去之後，我佇立良久，感覺自此將與你永別了，好不容易才忍住想哭的衝動。為什麼有這樣的情緒，我也弄不清楚，可是我很想追上你，想問問你現在的生活如何？和我分手後的十年來，你是怎麼度過的？要不是清高在我身邊，說不定我真的會這麼做。

配合清高的步伐，慢慢走向通往獨鈷沼澤的小路。波斯菊枯乾殘破的花瓣在冷風中搖曳。普通小孩十分鐘能到達的路程，清高得花上半小時。不過比起從前已經好太多了。大約是在兩年前，他才學會以實際行動表現出自己想要什麼。最近養護學校的老師也表示，經由訓練和他自己的努力，說不定不久就能像普通人一樣正常地生活、工作了！

我們經過沼澤旁邊的樹叢，穿越灑落葉縫間的陽光，走往通向山頂的纜車站。我眺望山坡，希望能找到你的身影，卻遍尋不著。從山頂走向櫟樹林，來到一處凸出的巨石旁，我讓清高坐在石上，兩人眺望周遭的景色許久。天空不見一絲雲彩，視線的前方有隻老鷹盤旋。遠方接近日本海處，瀰漫淡紫色霞霧，霞霧中有連綿的山峰。我告訴清高「那是朝日連峰、最右邊凸起的高山是鳥海山」，不時探望沿著藏王另一面山坡而下的登山纜車，期待或許你會坐在裡頭。

每一次身後的小徑響起跫音，我也以為是你而膽怯地回頭觀望。清高看見老鷹便笑了，看見小得像點一樣的登山纜車也笑了，看見下方不知從何處冒起的白煙又笑了。我配合孩子的笑聲一同歡笑，內心揮之不去的卻是十年不見的你的容顏，不斷思索：為什麼你變得這麼多呢？為什麼你會來到藏王呢？

大約坐在石頭上休息了兩個鐘頭吧，我們決定返回旅館，先搭乘纜車到獨鈷沼澤，又回到之前的登山纜車上。只是這一次車廂內只有我們母子倆，我總算能靜下心欣賞鮮豔的紅葉。

紅葉並非滿山，還混雜著常綠樹、褐色的葉子，以及類似銀杏樹的金黃色葉子。鮮紅色樹叢斷斷續續沿著纜車兩側流洩而去，紅色的葉片看似燃燒起來了一般，彷彿從上萬種無盡的色彩縫隙中噴出一朵朵軟綿綿的火焰將我包圍，我驚為天人，不發一語，為這蓊鬱樹林的配色而看呆了。

霎時間我有種看見什麼可怕東西的感覺，心中彷彿在一時之間閃過很多事情。或許這樣形容太誇張了：紅葉一一經過我眼前時，我不斷思考原本該花好幾個小時才能想透的事情。

如果我又强調就像是做夢一樣，你肯定會笑我吧。可是我的確沉醉在那片色澤鮮豔的紅葉裡，同時感覺到有什麼可怕的東西猶如冷靜的刀鋒穿越樹林的火焰。可能是因為和你不期然重逢，再度喚醒我少女般的空想。

那一夜，我和清高泡過旅館山岩風格的硫磺溫泉澡堂後，又再次登上大理花公園看星星。

走上旅館的人告訴我們的捷徑，以手電筒照射地面，踏入不見其他行人的彎曲坡道。對清高而言，這大概是他有生以來走最多路的一天吧。腋下撐著枴杖的部位發疼，一路上在黑暗中他不斷抱怨。但只要我嚴詞鼓勵，他又能跟著手電筒的圓形光圈前進幾步。

好不容易抵達大理花公園前，我們氣喘吁吁停下腳步，仰望夜空。滿天的星斗讓我們放鬆全身的力氣，天邊閃爍的星星幾乎觸手可及。坡度緩斜的大理花公園裡，夜色遮掩了花的色彩，只透露出黑色的輪廓及幽香，聽得見風吹的聲音。眼前聳立的群山、登山纜車的車站建築、支撐電纜的鐵柱，全在黑暗中靜止不動，上方的天空則橫跨一道明顯的銀河。

我們走到園內正中央，抬頭仰望天空，一步步登上大理花公園最高處。我和清高坐在並排的兩張長椅上，穿上在山形車站買的防風衣，頂著寒風專心注視宇宙的閃耀。啊！星星看起來多麼寂寞呀！星空無止境開展，感覺竟是難以言喻的可怕。

我不禁深深覺得，和你分開十年後突然在這陸奧的深山重逢，竟是多麼悲傷的事情。為什麼這會是悲傷的事呢？我抬起頭仰望星斗，十年前的事就像影片般在腦海又重新上演了一次，悲傷緩緩湧上心頭。

這封信將會寫得很長，可能你讀到一半就想把這麼無聊的信撕爛。但是身為那個事件最大受害者的我（你可能會抗議說是你自己吧），當時心裡怎麼想的、又如何理出自己的結論？我想好好跟你說個明白。其實十年前跟你分手的時候，早就該說清楚，但是我沒有。儘管是發生在遙遠過去的事，現在我還是要寫出來。

那一天，通知出事的電話是凌晨五點鐘打來的。幫傭的育子搖醒在二樓寢室睡覺的我。

「靖明先生出事了！」育子說。她的聲音顫抖，非比尋常的不安襲上我心頭。我在睡衣外面披了件開襟毛衣便衝下樓梯。拿起話筒，聽見沉穩厚重的聲音問道：「這裡是警察局，請問您跟有馬靖明先生是什麼關係？」

「我是他的妻子。」在寒冷和不安之中，我壓抑著顫抖的聲音回答。經過一段沉默之後，對方又以公式化的口吻說明：「一位被認為是您先生的男性，在嵐山的旅館發生殉情事件。女方已經死亡，您先生或許還有救，目前在醫院接受治療，但情況很危急，請您立刻過來。」

「我先生說他今晚住在京都八坂神社附近的旅館……」聽我這麼說，對方問了旅館的名稱，接著說道：「您先生出門時穿著什麼樣的服裝？」我試圖回憶印象中的西裝顏色、花紋、領帶圖案。對方聽了後說：「應該是有馬靖明先生沒錯，您還是趕緊來醫院一趟吧。」對方說完醫院的地址便掛上電話。

我不知道該如何是好，腳步踉蹌地衝進位於隔壁棟的父親臥房。父親正好也起床了，聽了我的說明回應道：「該不會是惡作劇電話吧？」可是我不認為有人會在嚴冬的一大早故意打電話來惡作劇。

育子打電話叫車時，門鈴響了。我拿起對講機應答，原來是附近派出所的警察，說是京都警署通知他們出事了，特別前來確認一番。看來不是惡作劇電話，我抓著父親的睡袍，請他陪我一起去醫院。

「真的是殉情嗎？」

「聽說女方已經死了！」

我和父親搭乘計程車上了名神高速公路，往京都的方向前進，在車上，我們不斷重複這樣的對話。因為這不是一般事故，而是我的丈夫跟我不認識的女性一起殉情，更令人懷疑事情的真假。

事實上，光是「你跟其他女人殉情」這一點就教我難以置信。我們經歷戀愛長跑才結婚，結婚不過兩年，正是想生小孩的時候。我始終認為弄錯人了，你應該是因為招待京都的客戶到祇園，弄得太晚了所以住進八坂神社附近的旅館才對。

然而到了嵐山的醫院，正好看見一名男性從手術室送往病房，我一眼就認出是你。我找不到適當的言詞來形容當時的驚愕與顫慄。精神恍惚的我甚至無法走到接受輸血、瀕臨死亡的你身邊。

等待我們前來的警察在病房外的走廊說明：傷口是水果刀插進脖子和胸口造成的，很深，差一點就傷及頸動脈；因為發現的時間稍晚，失血過多，其中一片肺葉已引起氣胸；送來醫院的時候幾乎量不到血壓了，呼吸也斷斷續續，這幾個鐘頭將是關鍵時刻。

接著醫生也出現了，為我們詳細說明狀況，表示目前還處於危險狀態，無法斷定是否有救。女方名叫瀨尾由加子，二十七歲，是祇園亞爾酒吧的小姐，一樣是用水果刀劃過脖子，幾乎是立即斃命。

警方問了我許多問題，可是我完全想不起自己當時如何回答。不管別人問了什麼，要我如何回答你跟瀨尾由加子之間的關係呢？父親打電話到岡部祕書家中，語氣沉穩地表示「出事了。請立刻搭我的車子趕到嵐山來」，將醫院地址告訴岡部祕書後才掛上電話。然後他嘴裡啣著沒點燃的香菸凝視我，之後，視線又移至窗外的風景。

不知為什麼，我始終清楚記得那一瞬間父親的面容和醫院走廊玻璃窗外的風景。母親過世時，父親幾乎也是同樣的表情，動作木然地將香菸塞進嘴邊。當時我十七歲；醫生告訴我母親行將臨終的那一瞬間，我注視坐在母親枕邊的父親臉孔。從未表現出英勇或怯弱神色的父親，竟一副失魂落魄的樣子，從口袋裡掏出香菸啣在嘴邊。仔細想來，這樣的動作太不尋常。而此刻父親再度表現出母親臨終時同樣的神情和動作，怔立在醫院長廊上，目光呆滯地眺望冬日早晨灰青色的天空。

一時之間我有種不祥的預感，趕緊從皮包中掏出火柴，想幫父親點菸；或許是因為凍僵了，雙手抖動得十分厲害。父親看著我顫抖的手，悠悠吐出一句話：「死了也無所謂，不是嗎？」

但是我沒有太多心情想這些。究竟是怎麼回事呢？如果是其他意外事故還好，為什麼我的丈夫偏偏要跟酒店小姐一起殉情呢？

在你恢復意識前的兩天裡，曾經二度陷入病危狀態，而你發揮了讓醫生也驚訝的堅韌生命力活轉過來，我想這應該算是極其不可思議的情形吧。後來好不容易從你口中知道事件的來龍去脈。

殉情其實是對方強逼的。原本企圖自殺的瀨尾由加子趁你睡著之際，刺傷了你的脖子和胸口，然後才刎頸自盡。為什麼發生這種事？你自己也絲毫摸不著頭緒。在醫院接受警方問訊時，你不斷重複回答「不知道」。警方一開始認為是你安排了這場強迫殉情，但現場狀況或驗傷結果都澄清你的嫌疑。並不是你設計瀨尾由加子陪你一起殉情，你反而是毫不知情的可憐受害者！

雖然你幸運保住性命，事件也圓滿解決，我的心情卻難以平復。報上說這是一名建設公司已婚課長的殉情事件。你的出軌造成血光之災，隨之引發的醜聞搞得滿城風雨，對一向視你為接班人的父親而言也是一大打擊。

你還記得嗎？醫生通知你還有十天就能出院的那一天，日暖晴好。我大概是拿著你的換洗衣物或半路在河原町百貨公司買的葡萄，回到你住的醫院。

我決定在你體力完全恢復之前絕不詢問該事件的經過。每次走過長廊，難過與憤怒的激動情緒自然波濤洶湧而來，讓我很想用力吐出充滿氣憤、嫉妒和悲傷的言語。

可是一走進病房，看見你穿著睡衣、站著面對窗外，完全無視於我的到來，依然一語不發地望著外面的景色看得入神，我心想：你究竟要用什麼方式向我說明事件的經過呢？傷口幾乎癒合了，應該是你打破沉默說明的時刻了，不是嗎？天氣這麼好，病房裡有暖氣，甚至感覺有些熱，我想今天的我應該能夠冷靜地和你說話吧。我把換洗衣物放進床下的收納盒，故作平淡地問道：「你說明一下吧，好讓我能接受。」然而說出來的話語完全失去了輕鬆的意味。

「真是不划算呀，這次的出軌。」話說出口便難以挽回，我這才明白原來自己也是平凡的女人，而且是不經世事的小女子。

「差點連命都丟了，居然還有救，真是不可思議呀。」你始終不言不語背對著我。

如今回想起來，原來當時的我對著你固執的背影說了許多過分的話。由於報章雜誌的大肆渲染，父親每天在公司裡都被其他員工當作笑柄；香爐園的幫傭育子在附近走動時也不得不低著頭……我終於爆發了，歇斯底里大哭大叫，而你的沉默更增加我的憤恨。

「我沒有信心跟你一起生活了。」說完之後，我才猛然閉上嘴巴，驚覺我們可能真將走上分手一途。出事以來，我雖然憤怒，卻從沒想過要跟你離婚，只是一心祈禱你能獲救、千萬別死去，根本無暇想到其他。我心寒地看著你的背影思考：為什麼我必須跟你分手呢？為什麼事情落到這樣的地步呢？為什麼我們之間如此平地起波瀾呢？我們是幸福的夫妻，為什麼被逼到非分手不可？

你始終緊閉著嘴巴不發一語。就是因為你這種態度，更是火上添油，讓我益發生氣。「你打算一直這樣子什麼都不說嗎？」早春午後的陽光照射在你重傷之後的蒼白肌膚上，你的臉就像火炬光輝下的能劇面具，淡然的表情浮現一抹微笑，終於你回過頭開口說：「如果我向你說聲道歉，你就願意原諒我嗎？」那言語竟是如此高傲！你應該還說了些什麼話，至今想起來還令我氣憤填膺。

啊，我們都覺得自己的行為太愚蠢。我轉述醫生說十天後就能出院的消息，進病房坐一下也不願，便立刻回家。

走出醫院，在通往大門的柏油路上，正好看見父親的車子開過來。父親從車裡探出頭來，神情有些困惑地看著我。原來他是背著我來醫院探病，沒想到被我碰個正著，表情顯得無奈。父親本來是要跟你說些什麼吧，因為遇到了我而改變心意，反倒催促我趕緊上車。父親交代司機小堺找個附近的咖啡廳停下來，神情極為疲倦地靠在椅背上，不停玩弄手上的打火機。

「如果以賽馬做比喻，就像是兩隻前腳一塊兒骨折的狀態。」一坐進咖啡廳，父親便這麼對我說，接著責備彷彿是打碎了茶壺、以嚴厲眼光瞪著我。一開始我並不知道他這話並非形容我們夫妻之間的關係，而是比喻你在公司的立場；待我發覺，才意識到事態多嚴重。身為企業家的父親，不僅視你為女婿，也當你是他的接班人一般看待。

我想你應該也很清楚膝下無子的父親多麼看重你，可說是以很強勢的態度安排你成為星島建設的接班人，當然公司內部也有人試圖阻止這種情勢。小池副總經理，以及屬於小池派的森內、田崎等人，對於你進入星島建設都沒有好臉色。當時父親估量自己還能繼續奮鬥十五年，十五年後，自己的女婿也四十二歲了。

星島建設是父親一手創立的，隨著事業拓展，公司逐漸不是他一個人的。父親讓自己的弟弟擔任專務董事、讓堂弟擔任常務董事、讓外甥擔任營業本部長，以自家人鞏固公司的勢力，卻因為有了以鐵腕幹練聞名的小池繁藏副總經理加入團隊，公司氣氛為之一變。這一點你應該也很清楚才對。對父親而言，你是他的希望之星。

如果你知道當初父親為獨生女挑選丈夫時是多麼慎重，你一定會嚇到吧。我也是和你離婚之後才從別人那裡聽到的。父親知道有個名叫有馬靖明的青年和他女兒從大學時代便開始交往並有意結婚，便找了徵信社徹底調查你的背景，而且一共找了三家！

雙親早逝的你是由伯父撫養長大的，這一點最讓父親擔心。三家徵信社調查的結果如何，我從來也沒問過父親，但想來沒什麼太大問題。實際和你接觸之後，父親也以他獨到的眼光來觀察你，鑑定你的人品。我曾聽見父親對某人透露對你的觀感：「有馬靖明有種受人歡迎的特質，算是一個優點。但這種特質是否能成為企業家的優勢還很難說。我不單是幫女兒選丈夫，也在選擇星島建設的接班人，所以難以太早下定論。」

我也聽過他對某人真情吐露自己是如何難以抉擇，這對於一向獨斷行事的父親可說很難得。換句話說，他答應我們的婚事，也代表他下定決心在過世後將星島建設的棒子交給你。

父親坐在咖啡廳的椅子上吞雲吐霧，說道：「男人在外面拈花惹草也不是什麼大不了的事。只是出了這種事呀……」接著深深嘆一口氣，稍微看了我一眼之後，又重複剛剛說過的馬腳骨折、茶壺摔碎的話語。聽在我耳裡，像是詢問「你們之間確定無法挽回嗎」。

那一晚，一名陌生男子到香爐園家中拜訪。那時父親已搭上傍晚的新幹線去東京出差，家中只剩下我和育子。拿起對講機回應，對方自稱是瀨尾由加子的父親。我和育子對看一眼，考慮該見對方嗎？畢竟家中只剩女人，又是晚上，並不適合接見陌生男子；更何況對方是過世的瀨尾由加子之父，想不出他找我有什麼事。

老人家（雖然年紀沒這麼大，但是花白頭髮配上矮小身材的他顯得十分蒼老）由育子領進客廳時，不斷客氣地鞠躬致意，滿臉的皺紋更加扭曲。他低著頭表示：「對於這次的事件，實在不知道該說些什麼表達歉意才好。」

我也不知道該如何回應，只在嘴裡說著：「令嫒身故，想必讓您十分難過吧。」

暗自則是擔心：會不會因為這個事件招惹來不必要的麻煩？直到看見對方純樸的表情才放下心中大石。老人覺得身為事件女主角的父親，不能就此若無其事回去，至少也要表達一句歉意才行。

那一天正好是瀨尾由加子去世滿四十九日的日子，老人在京都做完簡單的法事後，回故鄉之前先來這裡拜訪。他坐在沙發椅上，一雙小眼睛眨了一下之後說：「沒想到我女兒和有馬先生變成這種關係……」他的說法讓我有些納悶，於是反問：「您之前就認識有馬？」

老人說出一個令我茫然的事實，原來你和瀨尾由加子念國中時，有段時間同在一個班級。老人也是最近才想起來的，當初接受警方問訊，他根本已忘記這一段往事，沒有提起。

老人說你母親過世後，你父親也接著在你念國中時去世。大阪生野區的伯父收養你之前，有一段時間你寄養在舞鶴的親戚家。大約只有四個月，之後你又回去大阪。這段期間你轉入舞鶴的國中就讀，認識了同班的瀨尾由加子。你還去過瀨尾由加子的家裡一次，瀨尾家是賣香菸的。老人還說你和他女兒之間好像有書信往來。由加子從舞鶴的高中畢業後，便到京都的百貨公司服務。

「我一直以為她在百貨公司上班。居然就這麼死了，我真是不明白。連封遺書也沒留下來。」由加子的父親趴在客廳的地板上磕頭，嘴裡不斷賠罪：「破壞了你們的家庭，還讓你的先生傷重到幾乎喪命，為人父親的我真是不知該如何道歉才好。」

他一口茶也沒喝，身形佝僂地離開之後，我一個人坐在客廳裡發怔好久，感覺到難以言喻的悲傷。我試著在你和瀨尾由加子的關係之間放進「愛情」這兩個字。不知為什麼，這兩個字看起來顏色鮮明，存在感十足地端坐在我的胸口。

我心想：你和瀨尾由加子之間並非單純的男女關係，或許有不容我介入的濃烈愛情吧。這個想法逐漸在我心裡膨脹，形成一種確信。原以為只是男女之間的逢場作戲，想不到是强烈到不容他人介入的祕密戀情。那時我才感覺自己心中湧現難以遏止的嫉妒波濤。一匹賽馬摔斷了前腳和一個茶壺碎裂的影像逐漸在腦海中成形。的確如父親所說，事情嚴重到無法挽回；我呆坐在客廳的當時，才認清這個事實。

我心想必須跟你冷靜商量才行，心中浮現「離婚」的字眼，感到對你的愛情無聲無息消失，湧起憎恨的情感。我想到我們在大一那年認識，二十三歲結婚，有過五年的戀愛時光、兩年三個月的夫妻生活；我也想到你和瀨尾由加子的關係比我們更長久。

為何你和瀨尾由加子從國中時代就認識的事，不僅對我、連對警方也三緘其口？是否其中有什麼不可告人的祕密？或許這只是女人的直覺吧。瀨尾由加子這個已經死去卻連一面也沒見過的女子站在我的面前；你站在旁邊，還是那副若有所思的模樣，帶著寒光的表情面對著我。瀨尾由加子和你之間深藏著無視於我存在的愛情，那愛情濃烈得令我感到悲哀。

聽起來像是我的憑空想像，你讀到這裡一定覺得很可笑。然而你和瀨尾由加子之間的男女關係始終存留在我的心中不曾消散。

令人意外的是，你竟在出院前一日提出離婚的要求。「我無法回去香爐園和星島建設了。畢竟還不至於那麼不要臉。」你說完之後笑了一下，低著頭第一次對我表示歉意。一如你的個性，道歉的方式也很低調。既然心意已決，倒也顯得乾淨俐落。

「前幾天，瀨尾由加子的父親來過香爐園的家裡，說你和瀨尾由加子的交情很久了。」我說到一半故意停下來，「說實在的，我應該跟你多要些贍養費才行！」我等著看你有什麼反應。「你跟她是在祇園的酒吧認識？」我假裝這麼問。你輕輕點點頭，從床上眺望著窗外回答：「因為當時喝醉了，不記得是什麼情況。人生就是這樣，會發生什麼，誰也不知道。」我們走到醫院的庭院，漫步在繽紛溫暖的春光中。

我對自己如此冷靜感到訝異，心情平靜地望著水的流動。出事之前，你也是祥和平穩的模樣，究竟是怎麼一回事呢？我不禁思考這是不是一場夢？我心想：這個人就要跟我離婚了，還在裝蒜說謊，說什麼喝醉了！既然這樣，我也跟著演戲好了。於是我上前站在披著毛衣的你身旁，並肩走在白楊林蔭的枯枝間。

直到如今我仍常常追悔，當初為什麼不問清楚你和瀨尾由加子究竟是什麼關係。我不明白自己當時的心境，現在回想起來，我對於從戀愛時代到新婚時期一路伴隨走來的你和那段歲月，雖然即將面臨離婚的命運，卻故作鎮靜。在我的內心深處，一方面對你感到同情，同時又有超過同情數倍以上的憎恨纏繞，這些情感形成强烈的自尊心，讓我沉默寡言、面無表情。也可以說，在我心中，早已認定你和瀨尾由加子的關係是單純的萍水相逢的肉體關係；換句話說，我根本不想輸給一個死去的陌生女子。

那一天的陽光令人覺得春天就要來了。你提到出院之後將回到伯父家休養，之後便沉默不語。時而甩動手臂，時而停下來深呼吸，時而屈膝伸腿做運動，一副雲淡風清的模樣。我則不斷想起瀨尾由加子父親無精打采的佝僂身影。

和你在醫院中庭分手後，我搭電車到桂，在那裡換快車前往梅田。到了梅田之後，本來想走到阪神電車的月臺搭車回香爐園，靈機一動就直接步行經過御堂筋走到淀屋橋父親的公司去。坐在總經理室的沙發上，我向父親說明你打算離婚的事。父親只說了一句「是嗎」。長長的沉默之後，他從皮夾裡掏出一疊鈔票放在我面前說「零用錢，愛怎麼花就怎麼花吧」，說完微微一笑。我將紙鈔收進皮包的同時，竟像個孩子般放聲大哭起來。和你離婚的過程中，那是我第一次哭泣，幾乎哭到淚水枯竭。

並非出於悲傷，而是感覺今後將發生什麼不幸，因為太過害怕而哭泣。不幸之事並非發生在我身上，而是將發生在你身上，所以讓我害怕得受不了。

我混在趕著回家的人群中再次穿過黃昏的御堂筋踏上歸途。低垂著哭泣後的花臉走在路上，暗自下定決心與你離婚。我覺得就像不願離開卻被迫上了船，眼看著船逐漸遠離岸邊。一個月後，我在你送來的離婚協議書上簽了名、蓋了章。

真正想寫的並非這些，感覺想寫的應該是其他事情。在藏王大理花公園眺望星空的孤寂感讓我想提筆，其中當然也包含了十年後不期然相遇的你的側臉、散發出來的落寞所帶來的餘韻。在登山纜車裡的你，的確顯得很寂寞；當年身受重傷、躺在醫院病床上的你，也沒有那樣的表情。一種暗沉、疲憊、絕望的氣氛浮現在你强烈的目光之中。我十分在意，經過幾天的不安之後，終於興起了寫信給你的念頭。

儘管我們之間已經沒有任何關係，卻也不希望因為離婚帶給彼此任何不幸。如果真是這樣，決定和你分手的那一天，我坐在父親公司總經理室所想的事，就不只是單純的不祥預感了。

我因為和你離婚而有了清高這孩子。發現清高有所缺陷後，湧生的煩惱與痛苦實在難以言喻。看著一歲大還不會坐的兒子，我心想「自己的預感變成了事實」，甚至認為是你帶給我這個殘障的孩子。如果不是你出了那件事，我們不會離婚，我不就能夠生下你的孩子，一起過著幸福快樂的日子嗎？一切都是你的錯。在父親的遊說下，我跟大學副教授再婚，生下清高。我常常陷入沉思：生下清高這樣的孩子，是不是因為和你離婚後又跟勝沼壯一郎結婚的關係？我是那麼憎恨你，肯定你會怪我遷怒別人。可是當時我真的認為我之所以成為清高的母親，都是因為你對我的不忠和那椿流血事件的牽連所致。

發現自己的孩子是殘障的衝擊、悲傷和不安的情緒逐漸穩定之後，取而代之的是身為母親所湧現的愛與鬥志，其中隱藏對你憎恨的陰影。對你的思念逐漸在我心中淡去。

從清高三歲到七歲的四年間，我抱著清高到阪神整肢療護園復健。每天都很辛苦，一下子因為他能站起來而哭泣，一下子因為他能扶著走路而流淚，幾乎日日以淚洗面。他的殘障程度比較輕微，漸漸地，雖然說不清楚但總算會說話，撐著柺杖也能行動，於是進入養護學校附設小學就讀。看著自己的小孩未來出現一線曙光，如今我雖然仍有些不滿，但感覺生活還是幸福的。

我絶對不想因為和你離婚就陷入不幸，簡直就是憑著一股氣堅持到底。我也不希望你因此變得不幸，同樣也十分意志堅定地為你祈禱。

我想這封長信就到此擱筆吧。為什麼要寫這封信？寫了一大堆之後，連我自己也搞不清楚了。只是想到必須讓你知道瀨尾由加子父親的那一段往事，於是決定投遞。我並不期待你的回信，就當作是相隔十年後，我對我們之間缺乏明確意識的曖昧離婚所做的說明吧。天氣嚴寒，請多加保重。

勝沼亞紀　謹上

一月十六日

附記：為了讓你一眼就知道是誰寄的信，我用了娘家的名字星島亞紀。你的住址，我是向資材課的瀧口先生請教的，聽說你們之前還有往來。

1——日本書信習慣；在信首省略寒暄或季節問候語時所用的起頭字。

2——相傳古時曾有惡龍棲居在此。為了鎮壓惡龍，法師將手中的獨鈷杵投入沼澤內，因而得名。

致　勝沼亞紀女士

拜復

來信收悉。剛讀完信時，幾乎沒有回信的意願，但是隨著時日經過，我也發覺心中蓄積許多心理層面的事件未曾對你說過，幾經猶豫還是提筆。

你寫到我們的分手是缺乏明確意識的曖昧離婚，我卻不以為然。對我而言，我有不得不分手的理由，因為那是我闖的禍。我有了家室，卻和其他女人發生關係，甚至鬧出那麼大的醜聞，造成那麼多人的困擾，根本沒有辯解的餘地。再也沒有比這個更加充分的離婚理由吧。我雖然受了傷，但想來你蒙受的傷害比我嚴重更多，我也傷害了你父親和星島建設，由我主動提出離婚自是理所當然。

離婚的事暫且不談，這封信我想從瀨尾由加子和我的關係寫起，我以為這才算是對你的一種禮貌，同時也對長期隱瞞你一事表達歉意。我希望你能理解離婚當時我為什麼沒說清楚——說好聽一點，是我不想再傷害你。你不也隱瞞了瀨尾由加子的父親和你見面、說出我的過往一事嗎？如果當時你說開了，說不定在那個醫院的中庭我也會放下一切據實以告。然而你選擇了沉默。你在信上說是女人的直覺，但看在讀信人的我眼中，卻感覺是害怕直指核心的直覺吧！

我和瀨尾由加子是在國中二年級相識。失去雙親的我起初由住在舞鶴的母方親戚收養。原先這對姓緒方的夫妻因為膝下無子想收養我，但是畢竟我才十四歲，正值難以調教的青春期，彼此又不清楚是否合得來，決定先一起生活一陣子看看情況。在未報戶籍的情況下，我被緒方夫妻收養，轉學進入當地國中就讀。

這是二十多年前的往事了，我幾乎不復記憶自己當時是個怎麼樣的少年、內心的想法如何。至今唯一還印象深刻的，是第一次踏上東舞鶴車站月臺時，那種整顆心縮起來的寂寥感受。東舞鶴在我眼裡充滿了不可思議的幽暗與蒼涼，是吹著冰冷海風的窮鄉僻壤。

實際上，東舞鶴在京都北端，是個瀕臨日本海的安閒小鎮，冬天下雪、夏天濕熱，其他季節幾乎成日濃雲密布，海風夾塵，遊客稀少。我想回大阪去，但是大阪已無我容身之處。

緒方夫婦收養我不久，似乎也後悔了，互有顧慮的結果，日子過得緊張拘束。在當地消防署工作的緒方先生為人純樸老實，土生土長於舞鶴的緒方太太親切溫和，他們盡可能想幫助我，但是頑固不肯打開心房的我讓他們傷透腦筋。

在學校我也沒有朋友。我失去父母，又是從都市來的沉默少年，班上同學根本不知如何和我交往，就這樣我無法適應學校生活。

與緒方夫婦相處好幾個月後，發生了讓我心情波動的事情。我喜歡上同班的女同學，就是那種聽說跟某個高中男生交往、已經有異性關係、有些不良幫派為她爭風吃醋等傳言很多的女學生。在舞鶴短暫的生活之中，我唯一記憶鮮明的經驗就是愛上了少女瀨尾由加子。

窩在緒方夫婦讓我居住的三坪大房間裡，我寫了好幾封絕對不敢寄出的信給瀨尾由加子。寫好的信裝入信封，藏在書桌抽屜底下兩、三天後，再拿到屋後的空地燒掉。如今回想起來，我對瀨尾由加子的情思，不僅是青春期少年的淡淡愛慕，而是更加瘋狂激烈的愛戀。以我當時所處的環境來看，或許那只是我排遣寂寞的途徑也不一定。

然而我只要躲在遠處偷看她的臉龐、動作，就能滿足，從不想做些什麼來表達自己的情意。儘管我的熱情是那麼真切，畢竟還只是個十四歲的小男生。

瀨尾由加子比起同年紀的女孩，不論是說話談笑的表情、走路的姿態，都顯得亮麗極了。也可能是舞鶴這個人煙稀少的海邊小鎮讓她的傳聞增添神祕蠱魅的氣息。每次聽見有關瀨尾由加子的緋聞，便加深我對她的愛慕，甚至讓我覺得那種飄散著罪惡的緋聞是如此適合她，她在我眼中總是華麗美豔的形象。

十一月上旬某日，舞鶴吹著特有的刺骨寒風（你或許會笑我究竟想寫些什麼，但是每次我想起瀨尾由加子在嵐山旅館自盡一事，總會憶起二十幾年前出事那天的强烈感受）。

放學後，我離開家走向港口。我不記得為什麼往那裡去。

崎嶇交錯的舞鶴灣東邊就是舞鶴東港，每天總有幾艘小漁船繫岸停泊。骯髒污穢的防波堤蜿蜒相連，海邊傳來海鳥的鳴叫和柴油船的引擎聲。我靠在防波堤上凝視海港景色。

當時的我一看見海就想著：多麼孤寂的海呀，真想回大阪去。一看見天空就覺得：多麼陰暗的天空呀，真想念過世的父母。那一天也是這樣，我看著港口平靜的波浪，一心思索該如何回到大阪。

人真是奇怪的動物，再怎麼遙遠的往事，往往只清楚記住無聊的細節。我還記得當時一個用布巾包住臉的女子騎著單車，載著一個嚎哭的幼兒經過我背後。我和嚎哭的幼兒曾經四眼相對，至今那孩子濕潤的眼睛還深深留在我的記憶中。

隨著孩子的哭聲遠去，我手撐著防波堤，面對港口，竟看見穿著水手服制服的瀨尾由加子，她以一副若有所思的神色慢慢踱過來，因為我擋住她的去路而訝異地停下腳步，杏眼圓睜，看著為這意外巧遇而驚慌的我。

我們雖然同班，卻從來沒說過話。她問我在這裡幹什麼？我囁嚅吞吐地回答後，她想了一下又問我要不要一起去搭船。我問：「搭船去哪裡？」她看著停泊的漁船回答：「就在海灣中轉轉，一會兒就回來了。」接著走向漁船繫岸處，喃喃自語說：「只是不知道帶同伴去，人家給不給搭船。」我跟在她後面，心想八成是她自己不想搭船吧。我有種即將遇上麻煩的不祥預感，猶豫不決，又不捨得就此離去，只好在海風中跟著前進。

一艘名為「大杉丸」的船上站著一名年輕男子，一看見由加子便笑著揮手，看見跟在後面的我，眼色凌厲起來。對方頭髮短得幾乎是光頭，起初我還以為是個高中生，但仔細一看又像是二十二、三歲的青年。

由加子站在碼頭抬眼看著男子，介紹我是從大阪轉學過來的同學，因為想要搭船就一起來了。男人打量我一眼，輕輕點頭後便走進小小船艙發動引擎，催促我們趕緊上船。

船甫離開碼頭，男人便大聲問我會不會游泳。我回答「會游一點」，男人立即從船艙走出，一把抓住我的領子，把我丟進海裡。我浮在海面上看著漁船，正好看見由加子尾隨我之後，穿著水手服制服的她也跳進海水中。男人不知大叫些什麼，我們則是拚命游往碼頭。我爬上碼頭，拉由加子上岸，害怕男人追上來，兩人一身淋漓地跑了一會兒才停下來。但是船就那樣子離開了港口，沒有折返的跡象。

游泳途中，鞋子掉落在大海，我和由加子全身濕透，只穿著襪子站在海邊。由加子叫住我，跑上前來抓著我的手，不斷道歉說「對不起、對不起」，然後突然高聲大笑，笑聲詭異得讓我不禁茫然地注視她。如落湯雞般的她抓著我的手，扭著身子笑個不停。笑了一陣子後，由加子邀我到她家去。

十一月的舞鶴海水冰冷，我的身體凍得顫抖不停，她勸我到她家換上她哥哥的衣物。我們從港口跑步進入小鎮，在路上行人的注視下趕忙回到由加子的家。

由加子的家位於離緒方家較遠的小鎮外圍，有許多曬魚工廠林立。說是曬魚工廠，其實不過是石綿瓦黑色屋頂及牆壁搭成的建築物，一靠近便腥味撲鼻，成群野狗在堆積的箱子附近徘徊。

掛著香菸舖招牌的兩層樓小屋是由加子的家。她母親坐在店門口，一看見我們就吃驚地叫了出來。由加子說我們在碼頭玩，一不小心落了海，要母親拿出哥哥的衣服給我。趁著由加子在二樓換衣服，我在緊鄰廚房的木板隔間裡脫下濕衣服、內褲，擦乾身體，穿上她母親拿給我的男生衣物，衣物沾滿樟腦丸的氣味。由加子的哥哥那一年從當地高中畢業後，便到大阪的汽車工廠就職。我聽說她只有一個哥哥，卻從來沒見過。

換好衣服的由加子從二樓呼喚我，我便爬上樓梯。穿紅色毛衣的由加子拿毛巾擦拭頭髮，電暖爐放在房間正中央，對我說「別著涼了，快來烤暖」。她母親為我們泡好熱茶，我坐在由加子和電暖爐之間，靜靜喝著熱茶。

由加子的書桌上擺設著檯燈、小木盒、陶製娃娃，至今我仍覺得那些擺設充滿了少女氣息。一種和她的傳聞相差十萬八千里的清純乖巧氣氛充斥在那個三坪大的房間裡；由加子一頭被海水濡濕、閃著黑色亮澤的及肩長髮，以及那電暖爐烤紅的雙頰，散發出帶著幽暗的女性風情。在我眼裡，她就像一個剛洗完澡、正在擦乾頭髮的成熟女子一樣，若有所思，悠悠靜坐。不，不應該說是我當時看到的印象，而是如今我寫著這封信，試圖描繪二十幾年前還是國中生的瀨尾由加子的模樣，我寫出了此刻內心的感覺才對。

我問她：「為什麼跳進海裡？」她淘氣地微微一笑回答：「我才不想跟那傢伙單獨在一起呢。」我追問：「既然不想跟那傢伙單獨在一起，又為什麼搭他的船呢？」她帶著好勝的眼光瞪著我不發一語，然後告訴我，如果不答應，對方就會糾纏不放，之前他幾番在學校門口等她下課，死皮賴臉再三邀約。我又問，關於她的那些緋聞都是真的嗎？她說有的是真的，有的不是，還要求我今天發生的事千萬不能告訴任何人。

小小電暖爐的熱度溫暖了額頭、臉頰、手心，我的身體不再顫抖，輕鬆舒適的感覺油然而生，竟頓生錯覺，覺得和由加子就像是青梅竹馬，於是口氣嚴厲地責問她：「有那種緋聞都怪你自己不小心，下意識表現出招惹男人的媚態所致。」她語氣强烈地反駁：「人家才沒有！」她咬著下唇、杏眼圓睜久久瞪著我，眼神顯得哀怨，更加襯托出她的美麗。看著這樣的她，我又陷入了慣常的寂寥感覺當中。瀨尾由加子這個少女所散發的奇妙幽暗，與裏日本偏僻漁港的氛圍是同一性質。

我對由加子訴說自己多麼討厭舞鶴這小鎮、多麼想回去大阪。夜幕低垂，房裡一片陰暗，只見電暖爐的紅色散熱渦旋。寫到這裡，彼時情景又歷歷浮現腦海，彷彿昨日。過去我始終將那段時光當作幻想或是如夢幻影的回憶藏在心中，就算長大成人到社會做事、和你結婚之後，也常常沉浸在那段回憶裡。

她伸出雙手，捧著我的臉頰，鎮定地將額頭靠上來，維持那樣的姿勢凝視我的眼睛，終於忍不住偷笑起來。再怎麼說，那都不該是十四歲少女的舉止。一時的驚訝過去後，我依然陶醉其中。她低語表示從以前就對我有意，現在更是完全喜歡上我了，與我耳鬢廝磨，慢慢湊上嘴唇……

如今回想，十四歲就能毫不猶豫地對男生這麼做，只能說是瀨尾由加子這個人天生的「業」吧。我不清楚「業」這個字眼有什麼深刻的意義，但是每次一想起由加子，這個字眼總在我心中迴盪出最適當的音韻。

聽見有人上樓的聲音，我們趕緊放開對方。是由加子的父親下班回家，正爬上二樓。當時由加子的父親一邊經營香菸舖，一邊到小鎮的水產品加工廠上班。

由加子向父親介紹我，說明我父母雙亡、為了到緒方家當養子而來到小鎮的現況，說話的樣子完全是一副跟父親撒嬌的女兒樣態，顯得天真無邪；剛剛跟我耳鬢廝磨、甜言蜜語的女人形象蕩然無存。我拿起裹在包巾裡的濕制服和內衣褲，告辭而去。由加子送我到曬魚工廠前，好像什麼事都沒發生過一樣地對我說再見。

住在舞鶴，和瀨尾由加子的交往就只有那麼一次。我穿著過大的衣服，抱著布包裹回到緒方家，住在大阪生野區的伯父已坐在家中等我。他似乎跟緒方夫婦商量好了，來到舞鶴準備接我過去同住。伯父說：「由於緒方夫婦的强烈要求才讓你來到舞鶴，但照理說還是該由我們照顧你才對。今後的日子，你還是在大阪生活比較好吧。我們家並不富裕，但只要你願意，我願意在你長大成人之前代替你父親照顧你。」伯父這般勸我一起回大阪。其實還沒等我答應，他們早已決定了一切。

能回大阪，我自然很高興，又覺得當場答應對緒方夫婦過意不去，於是我說讓我考慮一下，便回二樓自己的房間。我的身上還留著由加子的氣息，心情有些複雜地靠著牆壁。由加子那句「今天真的是喜歡上你了」，動搖了我强烈想回大阪的決心。但畢竟我只有十四歲，緒方夫婦早看穿我的心思，我想我只能跟著伯父一起回去吧。

那一夜，我和伯父到國中導師家拜訪，說明雖然有些匆促但還是希望盡可能第二天就離開舞鶴的原委。隔天一早我拿著昨天借穿回來的由加子哥哥的衣物到她家去，卻遲了一步，由加子已經出門上學了。我簡短向由加子父親說明情況，要了她家地址後，就跑回伯父等我的地方。火車的時刻緊迫，匆忙之際我還來不及與同學或由加子告別，就離開舞鶴，回到大阪。

我在大阪伯父家一安定，立刻寫信給她。信的內容我已不復記憶，但由加子很快回了信。我大約是一個月寫一封信給舞鶴的由加子，但是由加子回過兩、三次信便音訊杳然。接著我也進入高中就讀。

有時我瘋狂地在心中描繪由加子的臉龐，也許也曾好幾次想衝到舞鶴見她一面。面對自己熱烈的情思，我還是選擇寫信給她。我覺得不再回信的由加子已成為遙不可及的存在，她那天在自己房間的舉動，不過是一時興起罷了。或許就讀舞鶴當地高中的她，依然緋聞纏身，早忘了我的存在。我這樣告訴自己，用功讀書準備大學入學考試。看起來我幾乎完全忘記了她，但偶爾在不經意間，那個傍晚時分的二樓房間裡，她垂肩長髮濡濕的姿勢、輕笑，在我耳邊低喃的話語畫面，總會突然滑過心頭。

進入大學的第三年，我認識了你。一如結婚之後，你總是經常開玩笑地要我親口說出一樣，我對一個和一群同班同學坐在校園草地上舔冰淇淋的女學生動心了。這個故事我都說煩了，而今聽來更像是個笑話，但容我再重複一次，我是真的對你一見鍾情。為了吸引你的注意，我用盡各種手段。在我心中已不見瀨尾由加子的身影，出身良好、活潑可愛的你完全取代了她——然而後來我才意識到，由加子其實依然留存在我內心深處。

大約是和你結婚、進入星島建設工作一年後，某家機械廠商要到舞鶴蓋工廠，要求我們和當地的建築公司一起承包業務。為了視察現場，我和業主、設計課負責人一起到舞鶴出差。

十幾年來，未曾舊地重遊的舞鶴。工作一結束，我們住進車站附近的旅館，提早用完晚餐。我很想看看懷念的舞鶴小鎮及港口，一個人走出旅館，先往緒方家走去。在那兩年前，緒方先生過世了，留下妻子一個人生活。不巧她外出，家裡沒人在，我只好轉往港口，頓時想起不知道由加子怎麼了？或許結了婚、為人母了吧。我的腳步很自然地往位於小鎮外圍、由加子家的方向移動。

舞鶴鎮已完全改觀，曬魚工廠變成大型水產品加工廠，但瀨尾香菸舖還是跟十幾年前一樣留在原地。上了歲數的由加子母親坐在店門口。我本想買香菸，順便偷窺一下屋內，結果索性開口報上自己姓名，提起自己國中時和她女兒同班，曾經跌落海裡、渾身濕淋淋來她家裡換衣服的事，並問候由加子是否安好。

由加子母親想了一會兒，才逐漸想起，反問我是不是那個回去大阪之後還常常寫信來的人？聽見我回答「是」，她母親露出懷念的神情，特意走到門口與我寒暄。「由加子目前在京都河原町的百貨公司上班。應該是在寢具賣場，下次有空去京都，請務必繞過去看看她。」我說：「我以為她結婚當媽媽了。」她母親笑著說：「由加子根本不聽父母的話，還是很貪玩。如果有好的人家，不要忘記幫忙介紹呀。」

我穿越日落的舞鶴小鎮來到港口，靠在防波堤上，眺望海灣沿岸點點明滅的燈火。這時我才發覺，原來我心中對由加子的回憶只不過是任何人對昔日過往都有的單純感傷而已！啊，真是令人懷念。我在這裡和由加子偶遇，然後遭陌生男子丟進海裡。當時我的父母雙亡，被緒方夫婦收養來到了舞鶴，內心充滿寂寞和不安，根本不知道自己的心裡想些什麼。而瀨尾由加子是個多麼奇妙的少女呀。我站在不斷拍打身體的海風中思索過往，那一瞬間，由加子的少女亡靈便從我心中倏然消逝，真正從我心中消失了，那感受清清楚楚。我覺得很輕鬆，吸了好幾根菸，慢慢踱回車站前的旅館。

之後過了幾週，在一個下雨的日子，我坐公司的車前往京都圓山公園附近的醫院，探望擔任業務部長的客戶。

我讓車子停在河原町十字路口附近，走進百貨公司買禮盒。在水果攤位前等待包裝哈密瓜時，忽然想起由加子在這家百貨公司的寢具賣場服務，心情不禁有些波動（或許你會覺得：結婚還不到一年，居然起心動念了起來？但請理解這就是男人呀）。我直接前往六樓的寢具賣場。我並不打算跟由加子說話，只是單純地想看看她，看看她變成什麼樣的女人。

我徘徊在寢具賣場偷偷觀察女店員的長相，卻沒發現貌似由加子的女人。每個人身穿制服，胸前掛著名牌，看不到姓瀨尾的店員。有時我會想，如果當時就那麼回去，人生或許就不一樣了；人生就像個難以抗衡的陷阱啊。

我問賣場一名女店員：「這裡是不是有位瀨尾由加子小姐？」那名女店員打開賣場後面的小門大聲呼喊：「瀨尾，客人找你！」我根本來不及制止。由加子立即來到賣場，一臉訝異地站在我面前。我反而不知道該說些什麼，進退兩難杵在那裡。

我報上自己的姓名，觀察由加子的表情。她以一副疑惑的神情回瞪著我，我趕緊將幾週前在舞鶴對她母親說的話又重複一次，說明今天正好經過，所以試著走進來打聲招呼。

她終於想起我。一想起是我，她的表情變成十幾年前少女般清新的笑容。穿著百貨公司制服的由加子，長相比我想像的要樸素許多，然而睜大杏眼一笑，又恢復了過去招惹諸多緋聞的華麗風貌。的確，她就是由加子，只是現在的她似乎有些鬆垮，卻又沒有成熟女子慣有的粗鄙，容貌依然清純，讓我有些意外、錯愕。

她看著我，感覺十分懷念，於是提議：「兩人站在這裡說話很奇怪，不如到百貨公司旁邊的咖啡廳坐坐。我可以稍微離開三十分鐘。」但在咖啡廳面對面坐著，我們又不知道該聊些什麼。我漫無邊際地重述關於舞鶴的回憶。話題結束，她忽然冒出一句：「我馬上就要辭掉這工作了。」我問：「辭了工作後要做什麼？」「我以前在祇園的酒吧兼職。考慮了很久，決定以那裡的工作為正職。」她從制服口袋裡掏出酒吧的火柴盒放在我手上。「今後也考慮多利用祇園的酒吧接待客戶。」聽我這麼說，她笑著接話：「那就一定要到我店裡來。」

因為車子在外面等，那一天就這樣跟她分開了。一個月後，我帶著重要客戶到由加子上班的亞爾酒吧去。

原先我打算毫不保留地寫出我與瀨尾由加子之間的關係，只是再寫下去，這封信恐怕比你的來信還要冗長。況且洋洋灑灑寫了一堆，再繼續寫總覺得煩悶了起來。想想不寫也無所謂了。

之後我和由加子之間就像四處可見的男女情事一樣，隨你想像不再贅述。

為什麼由加子要自殺？為什麼她拿刀刺殺我？仔細思考，我想應該沒有必要對你說明詳情。至於是否如你所說的，我和由加子之間其實存在著不容他人介入、充滿祕密的濃烈愛情存在？事到如今也只能說那就像一場曖昧模糊、若有似無的夢境吧。

濃烈的是在舞鶴的少年時代；相隔十幾年和由加子重逢之後，充滿我內心的是蠢蠢欲動的肉欲。對於帶給你的悲嘆、帶給你的痛苦、對你的背叛，我衷心表示歉意。寫到這裡，我覺得疲憊不堪。最後祝福你的家人幸福，就此擱筆。

有馬靖明　草字

三月六日

致 有馬靖明先生

拜啓

庭院中種植多年的金合歡，今年又開滿黃色的細小花朵。

我喜歡那粉狀花朵，拿著剪刀想剪一枝適合的樹枝來插花，才稍微一觸碰，花朵便紛紛散落。輕輕捧著剪下來的樹枝走回房間，卻因為一路的落英繽紛趕緊停下腳步。每次捧著切枝的金合歡，我總有無奈悲傷、難以言喻的奇妙心情。因為不預期你會回信，手上拿著你寄來的厚實信件，內心不禁激動，反而有種害怕打開信封的心情。

讀完你的信，那種看著金合歡一路落英繽紛的心痛再度湧上心頭。沒想到你會寫出這麼浪漫的信，感覺寫信的人不是有馬靖明，而是另有他人，心情又變得無奈悲傷起來。

究竟你在這封信中要告訴我什麼？我從信中又能知道些什麼？你高高興興彈起了前奏曲，卻在真正的音樂要開始的時刻，突然喊說累了，砰然一聲闔上鋼琴蓋。那一曲曼妙的前奏曲竟像是用來取笑人似的。

我並非希望收到回信才寄出第一封信，如今收到回信，反而有種消化不良的感覺。對於你和瀨尾由加子的關係始末，我很想知道。為什麼瀨尾由加子要自殺？為什麼她要找你一起殉情？現在的我一心盈滿想知道的情緒。我有知道真相的權利。過去我從沒這麼想過，直到讀了你浪漫的初戀故事，不禁又湧上這種心情。

我還想知道其他事情：你為什麼去藏王呢？你現在過著怎樣的生活？這些我都想知道。或許一開始我就是想知道這些才寄出第一封信吧。看來，你寄來的這封意料之外的回信喚醒了沉睡的記憶。

我們分開十年了，彼此已經沒有任何關係，但是讀了你浪漫的往事，就忍不住想知道故事的始末。可否寫下你和瀨尾由加子在京都的百貨公司重逢後，為什麼最後會走進嵐山旅館的經過？或許記上這筆略顯多餘，我先生這個月底到美國三個月，他將在那裡的大學教授東洋史課程。

勝沼亞紀　謹上

三月二十日

致　勝沼亞紀女士

前略

來信收悉。也難怪你生氣，寄出信後，我也有些自我厭惡起來。好一把年紀了，盡寫些撒嬌的內容，好幾天我都在羞恥和不屑的煩躁情緒中度過，所以我已經沒有心緒繼續與你通信了。

老實說，收到來信將成為我的困擾。我認為自己沒有義務寫出跟由加子之間關係的始末，我根本不想惹這個麻煩。我們之間的書信往來就到此為止吧。

有馬靖明　草字

四月二日

致　有馬靖明先生

拜啓

進入惱人的梅雨季節了，你過得可安好？收到那封要我別再寫信的來函不過才兩個月，幾經猶豫迷惘，我還是不死心地又提起筆。這次恐怕你還未展閱就會把信撕爛丟棄吧？你可能想著：到底這女人要寫信糾纏到什麼時候？我自己也不知道為何這麼想寫信給你，寫了信到底能得到什麼呢？我真的不知道。即使如此，我還是想讓你知道我內心深處的祕密，這種心緒竟不可思議地難以壓抑、平復。

透過寫信給你，或許讓自己又回到了十年前離婚不久的心態吧。你儘管笑我是個愚蠢的女人。我也知道此舉增加你的困擾，也抱著你可能不讀信的心理準備，但還是試著提筆寫信。因為對我而言，從前只有你是唯一能夠一句話都不說而接受我亂發牢騷、任性耍賴的人。有一本書提到，女人最大的惡行就是發牢騷和嫉妒心。如果這些是女人的本性，我當然也有想將堆積在心中的牢騷和嫉妒一吐為快的時候。

自從你出事以來，我的心中堆滿不能對他人訴說的苦悶，有時我都懷疑自己會不會因此人格分裂。我對你還有許多疑問，就算石沉大海也無所謂。也許對方是塊木板或是個單純的洞穴都好，什麼回應都沒有的話，說不定對我反而更好。

父親對我提起再婚一事，是在我們分手後的一年左右。那時我幾乎都窩在香櫨園的家中，連到附近市場買東西也完全仰賴育子。常常待在丈夫離去、只剩下我一個人住的二樓寢室，坐在面對庭院的窗戶邊，眼光時而落在根本無心讀完的外國長篇推理小說上，有時聽著你沒帶走的唱片，或是趴靠在床邊聽時鐘的聲音，成日無所事事。

你還記得阪神電車站到家裡這段路旁有條小河嗎？大約是和你正式離婚後

的兩個月，河邊的玉川書店關閉，換成一家「莫札特」咖啡廳。聽育子說，咖啡廳由一對年紀約六十來歲的夫婦經營，店裡除了莫札特的曲子絕不播放其他音樂。她還殷勤勸我，散步之餘，不妨去那家店喝杯咖啡。

那是梅雨結束、陽光强烈的某日，路上遇見兩個見過面的主婦，我只是輕輕點頭致意，完全無視於對方似乎還有什麼話要說，繼續走在日光絢爛的馬路上。當時我很想見你。日曬的熱氣讓我的額頭和背後沁出了汗水，感覺有些暈眩。好幾次我都想去見你，不管別人的看法怎樣！什麼粉碎的茶壺，究竟有什麼意義嘛！我如果能成為更大方的女人就好了，這樣我就能原諒你。丈夫移情別戀愛上其他女人這種事，不是司空見慣嗎？我卻做出無法挽回的決定。啊，該怎麼做才能讓你回來呢？我在散步途中思索這些事情，暗地裡埋怨起讓我們分手的父親，同時對未曾謀面且已不在人世的瀨尾由加子湧生令全身熱血沸騰的憎恨！

「莫札特」的造型一如避暑勝地常見的民宿，外觀和內部裝潢强調褐色木紋，簡直像是蓋了一座森林小木屋。屋頂上故意露出的梁木採用未加工的粗大樹幹，手工拼裝的木椅、桌子帶有精挑細選的木紋、樹節，顯得品味超卓。店面雖小，給人感覺卻是所費不貲、做工十分講究。

誠如育子所說，店裡播放的是音量稍大的莫札特曲子，一首我僅知道曲名的《朱彼特》（Jupiter）。老闆將水杯放在桌上，我問他：「聽說這裡只放莫札特的音樂？」戴著黑框厚鏡片眼鏡的老闆笑著說：「您喜歡音樂嗎？」

「我喜歡，但是不太懂古典音樂。」

「您只要常來這裡，一年後就聽得懂莫札特的音樂。莫札特聽懂了，等於也理解音樂是什麼。」老闆臉色紅潤，胸前抱著大銀盤看著天花板驕傲地說。因為他的說法很有趣，我不禁一笑。老闆又告訴我：「現在放的唱片是第四十一號交響曲。」

「是《朱彼特》吧？」

「您明明知道呀。沒錯，朱彼特，第四十一號C大調。莫札特最後一首交響曲。為了讓第一、第二樂章以奏鳴曲的形式表現，在最後的第四樂章加入了賦格，構築出强而有力的終曲，是一首傑作。」我們又共同傾聽了一陣子，然後他壓低聲音提醒：「來，就是這裡，馬上要進入最後的樂章了。」

我點了咖啡，靜靜聆聽莫札特壯麗的交響曲，同時觀察店内。牆上掛著莫札特肖像的複製畫，旁邊的小書櫃排著幾本有關莫札特的書籍。當時店内只有我一個客人，《朱彼特》結束後，一種將周遭一切吸附進去的寂靜包圍著我。好奇妙的寂靜呀，我在寂靜中益發想要跟你見面！接著，流洩出另一首曲子的音符，老闆走過來，以學校老師教導低年級學生的口吻說：「這是第三十九號交響曲，十六分音符，奇蹟般的名曲。下次您來的時候，我放《唐．喬凡尼》給您聽。再下次是G小調交響曲。慢慢地您就能了解莫札特的奇蹟是什麼了。」

咖啡的味道香醇，老闆也給人親切的好感，之後過了兩、三天，我又去了「莫札特」。那一天客人很多，老闆一方面要留意獨自坐在窗邊的我，一邊要在櫃臺煮咖啡、榨果汁；每當莫札特的曲子結束，還要趕著換唱片，顯得十分忙碌。

第一次來的時候沒見到的老闆娘也忙著幫忙送飲料、添加冰水、收拾桌子。在我不熟悉的曲音中，一名年輕男子閉著眼睛、低垂著頭專心傾聽，看起來很莊嚴慎重的樣子。我雙手捧著咖啡杯湊到嘴邊，呆楞地看著年輕人入神。他就像是對著什麼巨大之物祈禱一樣、又像被懼怕的對象責備而全身表示懺悔般地聆聽交響曲。

過去我對古典音樂幾乎沒有任何興趣，根本不覺得自己具有理解老闆所說「莫札特奇蹟」的感性和修養。但是看到那青年的態度，聽著流洩在安靜的店裡的交響樂，腦海中突然浮現一個字眼——「死」。我也不知道為什麼心中閃過這個字。當然那一瞬間並沒有尋死的念頭，對死亡的恐懼感也沒有襲上心頭，而是很清楚地在心上浮現一個「死」字久久不散。

我啜飲咖啡，將「死」字放到腦海的某個角落，第一次專心聆聽莫札特的音樂。沒想到，過去絲毫不以為意的交響曲竟讓我感覺到難以形容的美妙，樂音又像是暗示了一個不可知的世界。為什麼這麼美的曲子是在兩百年前、出自於僅僅三十歲的青年之手呢？而且居然能夠不用激烈的字眼就傳達出悲傷與喜悅共存的情境？透過玻璃窗凝視著門口兩旁行道樹的葉櫻，我陷入沉思，想像著已經死去、未曾謀面但肯定長得比我漂亮的瀨尾由加子的容貌、表情，沉浸在莫札特的交響樂音中。

另一首曲子響起，那名年輕人向老闆道謝、付錢後離開了。原本客滿的店裡，人們如退潮般一一起身離去，最後只剩下我一個人。

終於有空離開櫃臺的老闆為我引見老闆娘。老闆娘年紀約五十五、六歲，滿頭的銀髮乾淨俐落地梳成包頭，和老闆一樣戴著度數很深的眼鏡。夫妻倆坐在我旁邊休息並聊起自己的事。

後來老闆娘問我：「您住在這附近嗎？」

「我住在這條路上往海邊走約十分鐘路程的地方。」老闆娘睜大眼睛想了一下，然後說出幾個名字，其中也包含鄰居的幾戶人家，但沒有提到我們家。「我姓星島，就在網球場前面。」一聽我這麼說，她馬上表示：「我知道，就是庭院裡有株大金合歡樹的房子吧。」又說從沒看過開得那麼漂亮的金合歡，要求我明年花開時節記得剪兩、三枝送給她。（如果你讀了信，想必覺得內容窮極無聊吧。儘管先前叫我別再寫信，我仍要不厭其煩地寫。我打算繼續提筆寫我想抒發的事。）

我又點了一杯咖啡，對老闆說：「上次您說的莫札特奇蹟，我彷彿有些明白了。」老闆有些驚訝地看著我；躲在眼鏡深處、一雙失去笑意的小眼睛明亮閃爍，少年般的臉正對著我。

因為他盯著我太久，我不禁害羞地表示：「我目前是單身，兩個月前還不是。」老闆娘以為我是與丈夫死別，問：「是因為生病還是意外事故呢？」我老實回答：「不，我們是離婚的。」我以為她一定會打破沙鍋問到底（畢竟看見身手俐落的老闆娘眼睛靈活轉動，自然覺得她像一般的主婦一樣喜歡談論八卦），但是他們夫婦只是對看一眼說聲「原來如此」，便不再提起。他們故意轉移話題，告訴我開這家「莫札特」咖啡廳的始末。

老闆於昭和十六年（一九四一）受徵召，直到戰爭結束的昭和二十年（一九四五）冬天才從中國山西省回來。他曾說自己是大正十年（一九二一）出生的，當時應是二十四、五歲吧。總之那時候我應該還在母親腹中尚未出世。

戰爭結束後三年，他在朋友的介紹下進入銀行服務，一直工作到昭和五十年（一九七五）秋天退休為止。二十七年來，擔任行員的他認真工作，最後兩年才升任大阪豐中分行的經理直到退休。之後又到同一集團的信用合作社工作，處理問題票據、做些類似催繳的業務。因為覺得和個性不合，做了一年便辭職了。

兩夫妻想在退休後開間咖啡廳已有十幾年，早想好了店名和店裡的裝潢、外觀，但是隨著三個女兒出嫁，手邊儲蓄的開店資金漸少，加上開店的地點沒有著落，比預定還晚了三年才得償宿願。

十六歲那年，老闆第一次聽見莫札特，之後就瘋狂迷上莫札特，零用錢全買了莫札特的唱片。他甚至懷念地表示，就連受徵召到大陸舉著槍的時候，耳中也響著莫札特的曲子。他決定擁有一家只播放莫札特曲子的莫札特咖啡廳，老後餘生靠著開店過活，於是才到銀行工作。在職場上遇到討厭或辛苦的事，他都告訴自己：一切都是為了將來開店所需的資金，現在努力存退休金。二十七年來他才能在銀行這個其實並不快樂有趣的環境辛勤付出。

他還高興地表示，因為聽到香櫨園附近車站的書店要關起來，夫妻倆趕緊飛奔過來洽詢。「第一眼我們就覺得是這裡了。不管是地點，還是交通，這裡都再適合不過。終於讓我們找到了，我們要在這裡建立『莫札特』。我們夫妻簡直興奮得站不穩！」老闆又笑著盯著我許久。「總之他什麼都是莫札特。既不喝酒也不賭博，不迷釣魚也不愛下棋。公司下班一回來就是擦拭他那好幾百張莫札特唱片，摸摸弄弄過上一整天。一開始我還很難過跟個怪人結婚呢，可是之後我也很自然地迷上了莫札特。」老闆娘說完便笑了出來。

就這樣我們聊了很久。忽然間我想起剛剛那名青年，便向老闆探問。老闆說那個青年也是個莫札特迷，雖然手邊也擁有許多唱片，但為了聽買不到的絕版唱片，每天都到店裡聽同樣的曲子後再回去。

由於即將是晚餐的時間，我將兩杯咖啡的錢放在桌上準備起身離去。老闆站起來笑著問我：「剛剛您說明白了什麼是莫札特奇蹟，可不可以說明一下是怎樣的領悟？」

我不過是這一、二天才接觸莫札特，根本無法以言語表達清楚，尤其是對著迷於莫札特音樂、聆聽過成千上百遍莫札特曲子的老闆，我的膚淺感想如何說得出口！可是在老闆認真的目光催促下，我不禁開口：「感覺上，生和死說不定是同一件事。這麼大而奇妙的主題，莫札特居然能用優美的音樂加以表現。」

我其實想說的是：莫札特竟能不靠言語，而是以言語無法說明的奇妙曲調，輕鬆且令人愉悅自在地表達悲傷和喜悅這兩種共存的心情，這就是莫札特的奇蹟吧。然而在老闆熱切的眼光注視下，我的回答完全詞不達意。

也許是因為剛剛我腦海中浮現的「死」字還殘存不消，於是不加思索地便說出了這個並不打算說出來的字眼。

「哦……是嗎……」老闆低喃，仍然看著我。離開咖啡廳後，我快步走在灑滿夏日餘暉的歸途上，一點也不明白自己的話究竟表達了什麼意義，只是腦海再度浮現對瀨尾由加子的疑問。她是什麼樣的女人？為什麼自殺？她是和你有過關係後才自殺嗎？不知道為什麼我覺得好累，好不容易才回到家。

之後到冬天的幾個月間，我大約一週到「莫札特」二、三次。偶爾搭阪神電車到神戶三宮去，或到反方向的梅田百貨公司買東西。大學時代的朋友照美與愛子約我去看電影試映會或聽音樂會，我一概拒絕，幾乎足不出戶窩在家裡。父親和育子固然擔心我，卻聽憑我自由行事。

就在這樣有氣無力的空虛生活中，我有了一個新的樂趣。我也對莫札特著迷起來。我邊向「莫札特」的老闆學習，依他的推薦購買唱片，躲在自己臥房聽到深更半夜，還跑到大阪的大型書店購買有關莫札特的書籍認真閱讀。我和「莫札特」老闆夫婦變得很熟，只要一去店裡，他們就送上我專用的杯子端出咖啡給我。

老闆和老闆娘都是感覺敏銳的人：在我不太想說話的日子，他們總能察覺，輕輕放下杯子就走人；在我想找個人傾訴更勝於聽唱片的日子，他們之中的任何一位自然陪我聊天，但是絕對不提及我離婚的話題。

這封信又寫得很長了。只是回憶往事便寫個沒完，還來不及提到重要內容便覺得手痠了。下次寫信再寫出我真正要說的事吧。你或許要抱怨我該適可而止。不過我還是要寫，就算你把信撕破丟棄，我還是要寄出信件。今天就先寫到這裡吧。

報上說今年的梅雨季較長，已經連續下了五天。這種時節，清高總是心情不好，好一陣子沒表現的惡行惡狀就像是突然想起般又故態復萌，還沒來得及走到廁所便失態了，偏偏又是發生在連日下雨的時候。真是奇妙呀，大概人和自然的律動是一樣的，自己的體內也演奏著同樣的樂章。可是我的兒子只是因為這樣的挫折就已經受到不容忽視的打擊，好幾天不願意開口說話。過去我還滿喜歡雨天的，現在卻討厭得厲害。

最後希望你能好好保重身體。

勝沼亞紀　謹上

六月十日

致　有馬靖明先生

前略

今年的梅雨，雨水真是豐沛呀！拜多雨之賜，每年一到夏天水位就下降、影響近畿一帶用水的琵琶湖也蓄積了足夠雨水；我將這樣的感想跟一臉不高興的育子說，沒想到她竟告訴我：「下的雨水根本沒存在湖裡，都隨著幾條河川流進了大海。」難怪梅雨再多的那幾年，到了盛夏，琵琶湖水位還是一樣下滑。

梅雨季即將結束，家裡還是到處濕答答的，牆壁、榻榻米、走廊、門把……似乎都發霉了。這些暫且別談，我決定先寫上次那封信的未竟部分。

從第一次去「莫札特」以來，剛好過了半年；也就是新一年的二月六日。我很清楚記得是二月六日，半夜三點一過，家附近不斷傳來警報聲，驚醒了我。睜開眼睛的同時，我意識到那是消防車的警笛，不是只有一、兩輛，而是來自四方，許多消防車往同一個方向集結的聲音，就在我家附近。我披上睡袍、拉開窗簾，眺望窗外深夜的住宅區。家家戶戶屋頂的遠方冒出了火焰，夜晚街頭的一角籠罩在紅色煙霧中，其中明顯可見紛飛的火星。我按著胸口，呆立了好一會兒，心想發生火警的是不是「莫札特」呢？看來起火的地點離「莫札特」不遠。「莫札特」的老闆住在車站後面的公寓，就算真是咖啡廳發生火災，他們兩人應該也不會有事，但我還是趕緊穿上衣服下樓。「發生火災了！」育子也穿著睡衣來到走廊，她打開大門面對著染成紅色的天空，雙手因為冷而抱著胸。

「說不定是莫札特。」我穿著拖鞋就要衝出門，育子趕緊抓著一件大衣追上給我。「你要趕緊回來喲，這麼晚了，很危險。」那夜分外寒冷，我穿上內裡是皮毛的大衣，小跑步前往起火的地點。

越過住宅區，來到小河邊跨上小橋，我立刻確定起火的是「莫札特」。雖然是大半夜，火災現場還是圍了許多看熱鬧的民眾，沿著小河的馬路邊停著

七、八輛消防車。

我到達時火勢正最猛烈，完全是木造建築的「莫札特」包圍在巨大的火焰中，已是無法挽回的狀態。幾道水管噴出來的水柱交集在一起，被吸進了店裡、屋頂裡。我看見穿著睡衣凝視自己的店逐漸燒盡的老闆，雙手緊抓著消防署為了不讓看熱鬧的民眾進入而圍起的塑膠繩。

我穿過圍觀的群眾前進，好不容易來到老闆身旁，一樣抓起了塑膠繩。火焰的熱度阻擋在面前，我熱得難受，但還是緊抓著塑膠繩和老闆站在一起，周遭盡是木頭嗶剝燃燒的彈跳聲和滿天飛舞的火花，眼看著「莫札特」在我們面前消失。

不知道什麼時候老闆才發現我在他身邊，他看著火焰、稍微側著頭在我耳邊說：「木頭果然很容易燃燒呀。」我尋找老闆娘的身影，因為到處都看不到只好問老闆。或許擔心老闆娘可能在店裡面，我的聲音有些顫抖。

「我太太回公寓了，她看不下去吧。她說這樣子我會感冒，回去幫我拿外套了。」我放下心中的大石，又問：「咖啡廳還能重建吧？」老闆輕輕點頭說：「是保了火險……可是那兩千三百張唱片都燒成灰燼了。」說完表情扭曲得又像哭又像笑地十分奇怪，卻依然不時看著火勢逐漸縮小的店面。儘管育子要我早點回去，我仍決定在火勢完全消滅前，陪在老闆身邊一起凝視著「莫札特」。

「怎會發生這種事……」老闆臉上浮現一抹淺笑說：「接到店裡失火的通知，我整個人都昏了，渾身顫抖個不停。等到看見火勢，知道一切都來不及，反而鎮定了。該怎麼說？心情變得很淡定。畢竟店裡面沒有任何人……」他說話的表情和語氣果然跟淡定這字眼很相配。

燒成灰燼的屋頂發出一聲巨響砰然散落，圍觀群眾意外地遭到紛飛的火花襲擊而倒退一步。老闆也抓住我的手臂往後退，我卻忍住一時的炎熱整個人淋在灑落的火花之中。我為什麼做出如此危險的舉動呢？我想我只是失去跳開的時機。我注視著轟隆大火逐漸撲滅，心中想著的卻是你。我擔心身體稍微一動，腦海中浮現的你的影像將消失無蹤，於是固執地僵著身子，絕不亂動。

當年迫於情勢而不得不離婚，我們雖然分手了，但我相信你和我的心情是一樣的。走在雜遝人群中，你有時一定也會想起我吧？你應該還愛著我吧？當時我心中盡是想著這些。在你的臉隨著難以按捺的離別情思浮現我眼前的那一瞬間，火花伴隨著轟然巨響把我從沉思中猛然推開，又倏然消失。我好像挨了狠狠一記巴掌似地，大量煙灰取代了火焰包圍住我們，我看見了「莫札特」的殘骸。

老闆忽然以平靜的語氣對我說：「或許生和死真的是同一件事，莫札特的音樂奏出了那種宇宙奇妙的造化。星島小姐曾經這麼說過吧。」為什麼突然講出這句話來？我直盯著老闆的嘴角看。

他沉思了一下又接著說：「我自以為比誰都了解莫札特，沒有人像我聽過那麼多遍莫札特。對於莫札特，我是那麼有自信。可是像星島小姐那樣形容莫札特的音樂，我想都沒想過。從那天起我就一直思索星島小姐的話，現在終於明白星島小姐說的沒錯。莫札特用音樂表現了人類死亡之後的世界。」

老闆愈說愈興奮，藏在鏡片後面一向溫和的眼神竟帶著強烈的光芒，令人有些害怕。我隨口說出的話與老闆反覆提及的有所出入。我並未提到宇宙的造化，老闆卻因為長時間反覆思索我隨口說出的話語，不知不覺也加入了我不曾說過的字句，因此我澄清道：「我應該沒說過宇宙造化這個字眼吧。」老闆一臉不解地看著我：「不，星島小姐說了，我記得很清楚。您說了，宇宙奇妙的造化。」

關於這一點我認為是老闆的錯覺，但也無心與他爭辯，繼續聽他說下去。火勢幾乎撲滅了，冒著煙的木頭像炭火一樣閃著斑斑星點。穿著銀色防火衣的消防人員對著店裡的餘火噴水。

這時老闆忽然大聲喊著：「不，不對，不是宇宙的造化，是我記錯了。星島小姐……」然後直瞪著我，拚命思考接下來要說什麼話。眼鏡鏡片蒙上了一層煙灰也顧不得擦拭，好不容易才說出話來：「星島小姐說的是生命的造化，沒錯，我想起來了。您是說生命奇妙的造化。」

我覺得還是不對，側著頭盯著老闆。忽然老闆笑了，我也笑了。老闆對著後面一個看熱鬧民眾點點頭，問說：「能不能給一根香菸？」那個人是「莫札特」的常客，自然爽快地從胸前口袋掏出一根香菸，點火的同時關心問道：「有沒有投保火險呢？」老闆回以先前對我說的同一句話：「有，不過兩千三百張唱片再也救不回來了。」那個人竟說：「唱片什麼的去唱片行就有得買，這種東西再蒐集不就有了嗎！」老闆一臉不高興地喃喃自語：「很多張唱片已經絕版，根本買不到了。」然後穿越塑膠繩圍欄，跑去跟消防員說話。

我悄悄穿過人牆離開現場，快步穿越沒有人影的住宅區回家。大概因為目睹了「莫札特」燒毀的過程，讓我的情緒莫名激動吧。我看著地面，心想果然又來臨了。不幸果然又開始了。決定和你分手的時候，我坐在父親公司總經理室所想到的事情終於逐一成真。

還記得我在第一封信裡提到的事嗎？由於和你離婚，我有種預感，總覺得會發生什麼不幸的事。因為不可預期的意外事故，你離開了我。之後不到一年的時間，「莫札特」這家我喜歡的咖啡廳也消失了，兩千三百張天才創作的曲子瞬間燒成灰燼。下一回我又將失去什麼呢？

回到家，一進入寢室，我脱掉外套，坐在床邊。看看時鐘，時間剛過四點。睡不著的我選了莫札特作品中我最喜愛的曲子，將音量盡可能調低，反覆再三靠在耳畔聆聽。那是第三十九號交響曲，因「莫札特」老闆的推薦，我到梅田的大型唱片行買來的。老闆形容是十六分音符、奇蹟般的這首名曲。

或許生和死真的是同一件事……我心想為什麼莫札特的曲子令我生出這般突如其來的念頭呢。我想起方才老闆在燃燒殆盡的店前對我說的那些話——宇宙奇妙的造化、生命奇妙的造化。

對於我這個還年輕的女人而言，沒有什麼比這句話更令人心動了。隨著莫札特第三十九號交響曲水漣般的音符一波又一波拍打在深夜靜謐的寢室角落裡，我感覺那句話就像是神奇魔術的謎底，一舉解開人生無數祕密。看著燃燒殆盡的「莫札特」，老闆究竟看見了什麼？我心中閃過這樣的疑問。

我躺在床上閉起眼睛。不知不覺，那些火焰、木頭爆裂的聲音和老闆的身影從我心中消失，取而代之的是：和你初相逢的那個大學時代夏日的陰涼樹蔭；我們手牽手看著御堂筋路上來來往往汽車後座的朦朧燈影；父親答應我們的婚事；我們高興得沒有目的、逕自跳上阪神電車的那一天，看見車窗外神戶海濱的氤氳光暈……這些影像與第三十九號交響曲融為一體，包裹在模糊朦朧、難以形容的想法裡。

一時之間我似乎對「宇宙奇妙的造化、生命奇妙的造化」這句話中所隱藏的東西有些了解，但也只是一瞬間而已。我的心中浮現瀨尾由加子的幻影，擁有比我更美麗的容貌和肉體的沉默女子站在我心中，而這個人已經不在人世。

隔天早上，我正在享用較遲的早餐，父親表示既然往來得那麼密切，還是應該稍微表示才好。育子也說這種時候最好的慰問品就是金錢了。

我想這幾天老闆夫婦一定忙著整理火災現場，直到第四天才帶著慰問金到兩人的公寓拜訪。夫妻倆十分高興，領我到客廳坐，並對我寒夜前往現場一事不斷點頭致謝。老闆不肯接受我的慰問金，我只好直接放在桌子上，說是父親的交代，不能原封不動帶回去。老闆好不容易面有難色收下，這時又來了另一位客人，似乎也是送慰問金來的，我聽見老闆娘和客人在玄關應對。「正好介紹一下吧。」說著，老闆把客人請進客廳。

進來的是年約三十二、三歲的男性，五官端正、身材高大。老闆介紹說：「這是我姪子，是我死去大哥的長子。」我們彼此打了聲招呼，互報姓名。那個人就是勝沼壯一郎，我目前的丈夫。關於我和勝沼結婚的經過，晚一點再寫給你知道。

我告辭「莫札特」老闆府上後，在車站前的書店翻翻婦女雜誌、徘徊在文庫本書架前翻閱書本的封底介紹打發時間。我很想到哪裡喝杯好咖啡，可是「莫札特」才剛燒毀，我還不想踏入沒去過的咖啡廳。

我記得那一天是星期六，電車靠站，一群女高中生下車了。她們會在午後才回家，那天肯定是星期六沒錯。對於當時的我而言，該日是何年何月星期幾，與我的生活完全無關，我只是呆呆看著女高中生的水手服制服。父親的公司週末也是上半天班，這天下班後他好像也沒什麼預定計畫，傍晚時分就會回家，我有預感他又有話要跟我說。表面看來，他提出意見的態度很平穩，注視人的眼光卻令人無法說不。

我的預感總是很準。回到家，父親正躺在客廳的沙發椅上看電視。他一看見我便指著面前的沙發椅說：「我有話跟你說，坐下來。」我有時對自己靈驗的第六感覺得又驚又喜，可惜直覺如此靈敏的我為什麼對於你一年來的出軌卻毫不知情？看來你這個人難以捉摸又演技精湛，事到如今我對你的演技依然佩服不已。

父親躺在沙發上，眼睛看著電視，嘴裡則跟我說：「該考慮往後的事了。該忘記的事情就要忘記，這是很重要的。忘記的方法，讓爸爸來幫你想吧。」

「我已經忘記了。」我回答。父親提議我不妨出國去走走。「換句話說，就是做個了斷。去哪裡好呢……巴黎、維也納、希臘，到北歐去也不錯。一個人優閒地到國外旅遊，變成一張乾淨的白紙再回來。」

我低頭看著波斯地毯的圖案：「一個人到陌生國家旅遊，那麼寂寞的事我才不要！」

「看著你這樣，爸爸實在心疼。」聽見父親這麼說，我抬頭看他，發現淚水浮現在他眼眶。那是我第一次看見父親流淚。「我沒想到自己的女兒會有如此悲慘的遭遇，可是害我女兒遭遇悲慘的人就是我自己。如果我不挑選有馬做為公司接班人，你們或許就能處理自己的事情。這種事情，社會司空見慣，只要你們能接受，隨著時間過去，說不定又能恢復原本的夫妻關係。可是我身為星島建設的總經理，必須讓有馬離開公司才行。看來當時我的想法過於武斷。我以為有馬從公司消失就表示他也必須從星島家消失，直到最近我才發覺其實沒有那個必要。就算有馬失去接班星島建設的資格，也沒理由一定要離開你呀，不是嗎？我應該要求自己更加深思熟慮才對。如果當時我幫有馬找其他工作或是讓你們分居療傷，多給你們一點時間，或許就能破鏡重圓。那才叫做大人的智慧呀。我嘴裡沒有明說，可是身為你的父親，在醫院裡卻對有馬說明前因後果，暗示他主動向你提出離婚。但我根本說了謊，我不是以岳父的身分，而是站在星島建設總經理的立場責備他，迂迴婉轉地不斷暗示你們兩人應該分手。我也知道就算發生這種事，你也不會跟有馬分開的。你是絕對不想離婚的，我很清楚這一點。」

聽到一半我流下淚來，父親一口氣說到這裡，突然噤口不言陷入長長的沉默。我們之間有著長時間的沉默，坐在冬日陽光投射進來的客廳沙發椅上，我始終聽見自己嗚咽的哭聲。

「可是馬的前腳折斷了、茶壺也摔碎了，不是嗎，爸爸？我和有馬離婚前，爸爸在嵐山的咖啡廳不是這麼說的嗎？然而事實上當時並非這樣。直到我們分手了、我在離婚證書上蓋了章，馬的前腳才折斷、茶壺才摔得粉碎……」父親突然起身制止我繼續說下去：「有馬是個好男人，我漸漸喜歡他了。」然後一臉令人害怕的神情走回自己的房間。

送來兩人份紅茶的育子看著我一個人怔立在寬闊客廳中，像個孩子般抽咽哭泣，似乎想找什麼話安慰我，結果還是一句話也沒說，把茶壺和紅茶杯放在茶几上又折回廚房去。我望著茶壺嘴裡冒出的白煙出神，內心不斷反芻父親最後的話語。

「有馬是個好男人，我漸漸喜歡他了」——向來工作第一，幾乎無暇照顧家庭的父親；一向幾近冷酷，心中絕不融入他人的父親；他這句話充滿了說服力與愛。原來，曾經是我丈夫的人是個好男人，而且現在父親是打從心底關心我的幸福，這兩個想法讓我的身體像是浸泡在熱水裡般溫暖。我對你情何以堪的愛戀和對父親的怨懟倏然間消失了，感覺自己好像飄盪在純淨潔白的空間一樣。

不知道自己一個人坐在那裡多久，等我回過神來，冬日的太陽已西下，照著庭院裡覆著青苔的石燈籠，長長的陰影延伸到隔壁棟父親的房間窗口。

洗完臉到廚房，育子跟我報告她有喜事。原來是她今年高中畢業的兒子找到工作。希望當廚師的他，宿願得償地受雇於蘆屋有名的法國餐廳，就是那家我和你去過二、三次的「皇宮」。

育子生下小孩三年後丈夫便死去，過了五年又嫁給丹波的農家，原本和公婆一起住，結果還是離了婚。聽說有一段時間寄住在神戶東灘區姊姊家裡。家母過世後，家裡考慮找個身世清白的幫傭，經由熟人介紹，育子住到我家開始工作，兒子託給姊姊帶，她和我們如同一家人般一起生活。和自己唯一的兒子分隔兩地畢竟是難過的，我和父親不時關心她。我和父親的意見是，育子就在香爐園附近租個房子和兒子一起生活，每天只要通勤到星島家就行了。

這些其實大部分都是你知道的。育子對我們的提議很有興趣，就在開始找適當的公寓時，發生了你那件事。雖然那件事跟育子沒什麼關係，但她十分同情我，像個母親一樣無微不至關心我。於是育子也不找房子了，說要跟從前一樣住在家裡就好。她說：「還是等亞紀小姐恢復後再說吧。在這之前，我住在這工作總是比較方便。等兒子長大有出息，我也辭去工作，那時候再慢慢考慮兩個人生活的事。男孩子總是沒那麼親，還說現在沒必要跟媽媽一起住。」接著她又壓低聲音說：「如果讓亞紀小姐照顧這麼麻煩的老爺，肯定精神崩潰。還是交給我吧。」

從此育子再也不提通勤一事。她彷彿仔細觀察過父親幾十年一般，對於父親的壞脾氣、頤指氣使的習慣都能毫不介意處之泰然，最重要的是絕對不會惹父親生氣。對於育子的做法我總是佩服得五體投地。有時父親預定住在東京的時間較久，還會帶育子一起去。他就是這麼信賴育子。

我聽了也很為她感到高興。「能夠在『皇宮』當學徒，將來就能成為全日本任何法國餐廳都願意聘請的名廚了。」育子嘴裡雖說「就看他能不能夠忍受學習的辛苦」，還是難掩心中的喜悅，不論切菜還是擺盤都有了過去少見的律動感。

「怎麼有辦法找到那麼有名的餐廳見習呢？」育子說：「多虧老爺幫忙。老爺寫了封推薦信，我兒子拿去面試，當場就錄用了。」她哼著歌，身手俐落地準備晚餐。我走到隔壁棟父親的房間去。父親坐在書桌前，好像在寫什麼東西。我謝謝他幫忙育子的兒子就業。父親一聽，面無表情地回過頭說：「這件事不必你來道謝吧。」

我試著喊一聲「爸爸」，淚水卻不爭氣地汩汩流出。父親看著我說「你也沒必要專程到我房裡哭吧」，然後把寫好的信裝進信封裡。「怎麼樣？要不要出國散心呢？要轉換心情，換個環境是最好的方法。」說完才露出笑容。「不必那麼做，我真的已經忘記了。」父親面對書桌，沒看我，只說了句「是嗎……」就不再開口。

我坐在父親身後，雙手抱住他的肩膀，一邊將臉頰在他背上磨蹭，低語說：「我真的忘記了，爸爸，是真的。」然而低語的同時，你的身影卻浮現眼前。父親雙手輕撫我的手臂，自言自語般說道：「人會變的。人時時刻刻在變，是很奇怪的生物呀。你是個乖孩子，你一定會幸福的。」

雖然過了將近十年，當時父親凜然的聲音和瀰漫在四坪大安靜和室裡的冰冷空氣，仍然悄悄存在於和你分手之後我收藏無數回憶的心中，不曾消失。

我沒去國外，就連神戶、梅田的鬧區也沒去，繼續過著平淡的日子。「莫札特」重建是在櫻花季節結束、樹木抽發新芽的時候。

雖然有投保火險的保險金，但因為比起之前店面建造時木材價格漲了將近四成，老闆還是貸了不少金額。整體設計和以前幾乎完全一樣，只是在預算考量下不得不使用不同的木材，所以重新開張的「莫札特」和從前的「莫札特」好像有什麼地方不一樣。不過推開門扉走進店裡的同時，不變的是依然響著莫札特的曲子。是第四十號交響曲，比起第四十一號的《朱彼特》，我更喜歡這首。

向老闆夫婦道賀之後，我坐在一向偏愛的面對道路的位子。「星島小姐的咖啡杯也打碎了，不知道掉到哪裡，所以我到京都的河原町陶器店，找到上好的咖啡杯給您買回來了。」老闆將新咖啡杯放在我面前。那是帶著淡灰色、沒有花紋的杯子，儘管質地粗獷卻通透如紙，感覺價值不菲。我要求付錢，但老闆堅持是禮物，也不肯告知價格。

那一天是週日，沿著葉櫻行道樹散步的遊人如織，店裡幾乎客滿。我啜飲好久沒喝到的香醇咖啡，傾聽莫札特的音樂，看見玻璃窗外父親的身影。他穿著開襟毛衣、腳蹬涼鞋，優閒地享受陽光慢慢向這裡走來。我打開門，露出臉呼喚父親。父親在我邀約下走進「莫札特」，坐在我的位子上，問這裡的咖啡好喝嗎？根據父親的說法，位於淀屋橋公司附近的一家小咖啡專賣店的咖啡才是日本第一。

老闆趕緊走來說：「小店的咖啡是日本第二好喝的咖啡。」知道是我父親來了，老闆娘也走過來，不斷對慰問金的事表示謝意，並恢復以前明朗的笑容說：「不只是令千金，希望今後星島先生也能成為本店的顧客。」

我知道父親在沒有飯局或宴會的日子幾乎哪裡都不去，總是直接回家，很難想像他每天準時下班離開公司後特意將車子停在「莫札特」前，喝完一杯咖啡再回家。那一天之後，父親偶爾散步回家的次數增加了。我問育子怎麼了？育子也只是回答「在國道上下了車就散步走回家了」，不再做其他說明。

這種日子，父親肯定比我們遲吃晚餐。我覺得奇怪而去質問父親，他竟害羞表示「我借用了你的咖啡杯」。「實在無法想像爸爸聽莫札特呀。」聽我這麼調侃，父親一副若有所思的神色表示：「我去找『莫札特』的老闆談你的婚事。」

我吃驚地看著父親，語氣强烈地說：「我沒有再婚的意願。」我不得不這麼說，因為我一旦下定決心，絕對不輕易打退堂鼓。父親也是難得開玩笑的人，便對我說了事情的經過。

「老實說，聽說之前就有人表示對你的愛慕之意。『莫札特』的老闆前幾天向我透露，他的姪子目前是大學講師，三十三歲，還沒結婚，專攻東洋史學，確定再兩年就能升為副教授。聽說你們在『莫札特』老闆的家裡曾經正式見過面，之後他常在『莫札特』看見你去喝咖啡。他沒結過婚，但對於亞紀結過婚的事並不在意。他因為一直忙著做學問，無緣認識想共度人生的女性，直到對你一見鍾情——這是『莫札特』老闆說的。剛開始對方提起時，我也沒什麼興趣，可是因為對方太熱心了，才決定跟那男人見一次面看看。我要求老闆不要透露我是你的爸爸，就介紹是店裡的熟客。我們沒聊太多，只是說些天氣變熱了呀、大學講師一個月收入多少、東洋史是什麼樣的學問等等話題。我已經不期望將自己的公司交給女婿接班，這個期望在你和有馬靖明離婚後便斷絕了，何況也來不及再找後繼人選。反正我退休後，星島建設會有適當人選繼續經營的。我想這樣也好。我唯一擔心的是你，我只希望你能幸福。仔細想想，你才二十六歲，今後才是你真正的人生，不是嗎？找個好人，結婚成立新的家庭才是正確的路。如果你不喜歡對方，也不必在意，直接拒絕就好了。不過我認為還是先找個地方安排飯局，和那個男人聊一聊也無妨吧。」

換句話說，父親以他一流的說服技巧勸我和那個人相親。我聽著父親說話，心想原來是當時那位男士，卻無論如何也記不起他的容貌和氣質。

說到他是大學講師，就覺得好像是那種感覺，又好像記得五官十分端正。但是不管父親如何規勸，當時的我完全沒有相親的打算，因為你的身影還無法消退，始終在我心中，即使你不可能再回來了。

父親抽了好幾根菸，繼續遊說。「我今天又去找『莫札特』的老闆，毫不隱瞞地告訴他你和丈夫離婚的原因，請他轉告他的姪子。我雖然不在意咖啡廳老闆聽了有什麼反應，但是他聽完整個故事，表情凝重地沉思了好一會兒，然後表示婚事可能談不成了。老闆的意見是：『令千金可能還需要很長的時間。』他還說：『我感覺令千金肯定感受過什麼重大的悲傷。要不然一個女人還那麼年輕，不可能在一瞬間就洞悉連我也體會不到的莫札特音樂的祕密。』接著他低下頭要求我，這件婚事就當作沒提過，雖然一開始是對方先提議的。我問他理由，老闆沉默地不發一語。結果變成了我提出婚事的要求。你並非因為不守婦道而離婚，而是因為丈夫的出軌和那悲慘的事件才不得已分手。離婚的理由不應該成為這件婚事告吹的原因。我對老闆的態度有些生氣，甚至說才不想把女兒嫁給那個來路不明、領著窮薪水的大學講師呢！結果老闆客氣地表示失禮，並對我說：『即便發生那些事，令千金也許並不想離婚吧。』一時之間我好像被針錐刺了一下。老闆又說：『我只要一想起令千金獨自茫然啜飲咖啡的側臉，自然就這麼想，所以我才覺得她還需要很長的時間。』確實我也認同『莫札特』老闆所說的，但同時我又有了反對的想法。我心想：正因為如此才需要早點再找個好人，讓人生重新出發呀。聽我這麼一說，老闆想了一下之後好像也改變心意，問我：『您向令千金提過我們聊的這件事嗎？』我回答還沒有。老闆建議：『就在今晚，向令千金提起這次的婚事如何？不是有句話叫孤注一擲嗎？如果令千金對我姪子也有意，說不定是令人稱羨的幸福佳偶。』這下子換我抱臂沉思了。我最討厭窮酸相的男人，其次是沒有酒品的男人。對於只見過一面的勝沼壯一郎，就自己的眼力判斷，感覺應該不屬於這兩種人。看起來像個做學問的人，多少顯得神經質，頗令人在意，整體而言感覺很乾淨。所以決定照『莫札特』老闆的提議，今天就向你說明白。」

我從來沒說贏過父親，當時也是一樣。我聽完父親的話，說了句「讓我考慮看看」便回到二樓自己的臥房。站在二樓窗邊，看著籠罩冬夜寒氣的住宅區帶著灰青的氣息。一抬眼，看見即將滿月的月亮。因為還不是圓滿的圓形，反而更讓我覺得那一夜的月亮變了形。我想到和你分手才一年，實際上卻覺得好像過了三、四年。就算再怎麼休息，如何激烈勞動或是忘我享樂，仍覺得頑固的疲倦始終深踞在心裡和身體，不會恢復。

我想像你現在的情況。才經過一年，你應該不會把我完全忘了才對。明明自己的丈夫被不認識的女人偷走，我居然在當時還能如此自我陶醉。

我陷入沉思之中，儘管覺得你沒忘記我，卻還是勉强下了一個結論：你已經死心了，所以我也該看清這一切。一年前早就該這麼做的，我卻辦不到。我在心中不斷告訴自己：必須要死心斷念。

父親說過的話也在心裡迴盪：「人會變的。人時時刻刻在變，是很奇怪的生物呀。」今後的我將變成怎樣呢？想到這裡，不禁不安地渾身顫抖，又預感將會發生什麼不幸。在你身上，也在我身上……

我和父親、「莫札特」的老闆夫妻、勝沼壯一郎共五人，在兩週後的星期日約在蘆屋的「皇宮」法國餐廳共進晚餐。由於我和父親、勝沼壯一郎幾乎都不太主動開口，全憑「莫札特」的老闆夫妻費心尋找話題。吃完晚餐後，父親和老闆夫妻先行回去，我和勝沼散步走到阪急的蘆屋川車站，走進一家咖啡廳。

「你離婚的事，我聽叔叔說過了。」勝沼說完，思考著下一句該說些什麼，卻找不到適當的話語，有些緊張地皺著眉頭，不時用手指撥弄、撫平鬢角的髮絲。於是我決定自己先說出結論來。

「我還沒有準備要再婚，今後也還沒有計畫。現在只想什麼都不做地等待時間過去。」勝沼隨即表示願意等待，並直視我的臉。他給人的感覺並不討厭，但不表示我對他存有好感，對我而言他只是一位男性而已。

那一晚我們聊些無關緊要的話題，過了九點便走出咖啡廳，他叫計程車送我回家。直到今天我還是說不清楚為了什麼理由、最後決定跟勝沼壯一郎結婚。如果說我百般不情願卻得和你離婚是硬被推上了船離岸，那麼和勝沼之間的結婚，最佳的形容就是：我一樣不想搭船，卻在不知不覺間坐上了船。這次的結婚包含了「莫札特」老闆夫妻對我難以言喻的溫馨關愛，以及父親希望我幸福的心情。當然還有我對你永難忘懷的情思。

我和勝沼壯一郎就在那年九月結婚了。

父親希望勝沼入贅我家，但是勝沼是獨生子，他父親又在他大學時過世，只有母子相依為命，我父親只好放棄自己的想法。尤有甚者，是不能讓對方母親獨自生活，變成我必須嫁到勝沼家。儘管結果完全違背父親的期待，婚事還是繼續進行。而我則是決定一句話也不多說。

勝沼家位於御影的弓木町，是棟有著小小庭院的兩層樓房。對方是第一次結婚，父親堅持出錢要我們舉辦喜筵、到國外新婚旅行。我就像個沒有心思的洋娃娃一樣，聽憑父親的意見行動。

和你的新婚旅行只在東北小小繞了一圈。當初只要我們想出國，父親肯定會出錢的，但我和你還是選擇了冬季的東北旅行。我其實很想去巴黎、荷蘭、羅馬等歐洲國家遊覽，你卻堅持東北旅行不肯相讓。從田澤湖前往十和田的途中下了大雪，你還記得嗎？於是我們改變計畫在乳頭溫泉住了一晚。那一晚，耳畔聽著不斷紛飛的下雪聲，兩人對飲溫熱的當地美酒。早在結婚之前我們便已經歡悅過多次，但在那個乳頭溫泉的小旅館被窩中，我對你的認識又加深了一層。我又寫了些無聊的內容，連我自己都覺得難為情了。還是言歸正傳吧。

我和勝沼依照父親的安排到歐洲各國旅遊了一圈回來，和六十七歲的婆婆同住不到一個月便出了意外。我從附近的市場回家時，發現婆婆昏倒在廚房。雖然立刻叫了救護車，但到達醫院之前便斷氣了，死因是心肌梗塞，可說是無力回天。

做完四十九日那天，父親勸我們搬回香爐園的家。起初勝沼不太願意，最後還是屈服於父親的堅持。我才搬出去生活不到兩個月，便又與父親同住。

現在時刻是下午三點鐘剛過，我該去接清高回家了。花了好幾天撰寫的長信，仍不到我想寫的一半內容。這封令你困擾的信看來還有得寫。即便你不拆封、直接撕爛丟進紙筒，我還是要繼續寫完……

養護學校的校車在三點半抵達車站前面，我必須趕緊出發才行。這封信先到此為止，我還會寫下一封信給你。信結束得有些匆忙，請見諒。祝福你健康平安。

勝沼亞紀　謹上

七月十六日

致　勝沼亞紀女士

前略

收到你的兩封長信，我沒撕破也沒丟到垃圾桶，而是確實讀了。但是老實說，寄出那封要求你別再聯絡的信後，過了兩個月卻依然收到你的來信，我著實將那封厚重的書信藏在抽屜中二、三天。我本想不拆讀也不回信，最後還是無法抵擋那信封投射過來的無言訊號。我還是想讀你的來信，於是拆開信封。

讀信時，我發現和十年前比起來，你有了很大的改變。至於哪裡改變了，我很難用文字表現出來。你就是改變了。做為一個身體有缺陷的小孩的母親，八年來不斷戰鬥（我認為戰鬥是最適合的形容詞）肯定讓你變得更堅強、人生更豐富。說句客套話，撫養這樣的小孩到今天，肯定經歷許多別人不知道的煩惱與辛苦，遇到許多必須咬牙才能穿越的難關。

我突然想到：如果我和你沒離婚，而我們之間有了那樣的小孩……一想到這兒，我不禁陷入沉思，認真思考該如何做才能彌補十年前我做的錯事？該如何做才能彌補我帶給你的不幸？當年我醉倒在酒店吧臺、在搖晃擁擠的電車中茫然看著車廂內垂掛的廣告海報時，一種難以抑制的懺悔之情深深籠罩了我。

我並不是為了說這些沒出息的事才提筆寫信的。而是因為你的來信中某一個字眼讓我不得不寫。你寫到聽莫札特的音樂時，不知為什麼聯想到了「死」這個字。你還對咖啡廳老闆說「生和死或許是同一件事也說不定」。讀完你的信之後，那個部分我又再三反覆閱讀，不禁衝動地想要傳達我的奇妙經歷給你知道。

看來我又要寫封長信了，這中間沒有任何思維與邏輯，只是試著寫出我所看到的東西。以上就當作前言，接下來我要從和你在藏王偶遇的那一天寫起。

那一天我為什麼去藏王溫泉呢？答案很簡單，完全出於偶然。我和朋友合資做的生意不太順利，因為手頭吃緊、開出的本票又落入壞人之手。本以為能立刻回收才開出那張空頭支票，結果卻讓靠這種票據吃飯的壞人得逞，落得必須在票據到期日前湊出一筆錢來。我只好來東京找朋友、客戶幫忙。

奔波了一週還是湊不到錢。我大概是有些驚慌失措。在飯田橋車站附近不經意地一回頭，看見一個穿著整齊、一眼就知道是「那種人」的年輕人正盯著我瞧。朋友和我成立的小公司就我們兩個人，我以為對方認定我到東京是為了逃債，因而一路追來。

我鑽入人群，跳上剛進站的電車，那個男人也衝到月臺來，擠進即將關上的車門。現在回想，說不定是我的錯覺。那男人只是剛好站在那裡，又剛好和我四目相對，也說不定我們又都剛好跳上同一列電車。然而我還是希望能逃離那個男人。他不時窺伺我，我不禁以為他真是來追我的。

我在御茶水車站下車，男人也跟著下車。我打算改搭其他電車到東京車站，在那裡甩掉對方。

一抵達東京車站，我快馬加鞭奔下樓梯，來不及思考要去哪裡便衝向其他月臺，一直走到最前端躲了起來。我沒看見那個男人的身影，剛好電車來了，我便跳上不知目的地的車廂，最後到了上野車站。

我決定先躲起來再說，去哪裡都好，先消失個二、三天吧。走到售票口，我依然緊張兮兮東張西望，還好沒發現那男人的行蹤。

我也不知道為什麼買了去山形的車票。總之從口袋掏出紙鈔，很自然就說出「到山形的車票一張」。抬頭看著驗票口上面懸掛的火車時刻表，發現新幹線「翼」五號再五分鐘就要發車，我趕緊跑到月臺停在車廂門前，小心翼翼觀察四周。到處都看不見那個男人的身影。

電車行駛了幾個鐘頭，在傍晚時分抵達山形，我排在人潮的最後走出驗票口，心情總算恢復平靜。皮夾裡只剩下六萬圓，扣掉回去大阪的交通費，剩下的著實令人擔心。我得找家便宜的旅館，於是穿越車站前的鬧區，來到前往藏王的巴士站。那裡冬天是滑雪場，應該有供滑雪客居住的便宜小木屋才對。而且現在這種淡季房間應該很空。我打算在那裡藏身個三、四天後再跟大阪的朋友聯絡，商量今後的對策。

和你分手後的十年間，我經歷了許多事。真的是經歷了許多事……如果要將這十年間的經歷都寫出來，恐怕要花二、三年才夠。

有句話叫「窮困潦倒」，十年來我的確是日漸窮困潦倒。但是仔細想來，自從和你結婚一年後，我走進京都河原町的百貨公司買哈密瓜、懷念起由加子而決定上六樓寢具賣場的那一瞬間起，我便失勢了。

十年間，我待過的公司十根手指頭也不夠數，經手過的生意也超過三、四種。跟好些女人發生過關係，其中有人還養了我三年。現在我跟一個女人同居。她是個溫柔的女人，願意照顧我這個麻煩的男人，然而我卻感受不到她的愛情。

如果拿相撲來比喻我這十年的時間，可說是：一靠上去就被推回來；想要頂向前，轉身就被化解掉；正要來個過肩摔反而被摔得更慘；打算伸出左腳絆倒對方，自己的右腳先被對方勾住了。做什麼都出狀況，簡直就是被鬼附了身。和你在藏王的重逢，說穿了正是我人生跌入谷底的時刻。

我到達藏王溫泉後，先踏上溫泉鄉充滿硫磺味的坡道。道路兩旁的旅館櫛比鱗次，但是一想到荷包的狀況，就知道自己跟這種地方沒有緣分。

我在香菸舖問到獨鈷沼澤旁有便宜的小木屋，只好前往纜車站。我在大理花公園旁邊搭上登山纜車，到了獨鈷沼澤後步行到小木屋，走進裡面詢問住宿二、三天的費用。

由於比我估計的還要便宜，我便安心地坐在骯髒的長椅上休息。店家表示：現在既非旺季，又沒有其他客人居住，無法提供太好的服務，就連食物也只能弄些現成的東西，這樣也可以嗎？我答應了。老闆於是帶我上樓到冬天總是擠滿年輕人的二樓房間。

年輕老闆告訴我：「一樓是商店和餐廳，二樓是客房。到了冬天，二樓便成了直接的出入口，因為積雪高達四公尺時，一樓會整個埋在雪裡。如果想洗溫泉的話，請搭纜車到溫泉鄉，那裡有收費便宜的公營澡堂。」

提早吃完晚餐，我再度搭纜車下山前往位於坡道中段的公共澡堂泡硫磺浴，然後到小咖啡廳喝杯咖啡，才又返回獨鈷沼澤旁邊的小木屋。一如你在第一封信裡寫的，那一晚看不見月亮和星星，我八點左右就躺進了被窩，睡得跟泥人一樣。事實上我已經成了泥人。

隔天早上用完早餐，突然很想喝咖啡，就又搭纜車到溫泉鄉那間前一晚去過的咖啡廳。本來打算一直耗到中午左右，但想到必須跟大阪的朋友聯絡才行。向店家借電話用，卻又想到那個跟我合資開公司的朋友應該像我一樣忙著籌錢吧。說不定也被壞人追討而躲了起來。那男人雖然有家室，但另外有個相好的女人，如果他要藏身，肯定就是那裡。

可是我把記了那女人家裡電話的筆記本放在小木屋二樓的小旅行包裡。我趕緊回到大理花公園，大概是太心急了——其實等下一班也不要多久，卻慌忙跳上有人乘坐的纜車，就這樣遇見了你！

當我看見眼前坐著一位穿著高雅的女士，我恐怕比你想像的還要驚訝。我鬍子沒刮，穿著破鞋，襯衫領口滿是污垢，幾乎成了泥土顏色。任何人一看見我這副德性，也知道我現在的處境如何。

我驚慌失措，只希望趕緊從你眼前消失。一走下纜車，儘管對你依然懷念，還是頭也不回地往小木屋走去，然後立刻上二樓躲在窗戶邊，遠遠眺望你和拄著枴杖的清高慢慢經過，直到你們穿過森林，右拐走進山路，完全看不到身影為止。我佇立在那裡好長一段時間，看著你們消失的轉角。

投射在那條路上的金色光影，就像過去我人生中未曾見過的、寂寞荒涼的光刃，一道道刺進我骯髒污穢的心裡。我忘記要給朋友打電話，好長一段時間靠在窗邊，等待你和清高再度從山路的轉角走回來。

好幾個鐘頭之後，再一次認出你在樹蔭光影下的身形，感覺一股熱水從我胸口噴出。我心想：亞紀已經是別的男人的妻子，也為人母了，看起來生活富裕美滿。你完全沒注意到我在小木屋的窗邊看著你們，你們還是跟剛剛一樣優閒走著，消失在前往纜車站的林蔭小路上。

那一晚，小木屋除了我還是沒有其他客人。和我同樣歲數的老闆搬來了柴油暖爐，試圖聊些有趣的話題，可是看見我絲毫沒有笑意的表情，趕緊交代一聲「睡覺時不要忘記熄火」便下樓去了。

大概是九點左右吧，或許就是你和清高在大理花公園眺望星空的時間。我關掉房間的日光燈，只點亮小燈泡，躺在被窩裡。耳邊傳來沼澤周遭風吹打樹木的聲音，還有樓下小木屋老闆夫妻斷斷續續的談笑聲。不時有金龜子之類的甲蟲飛過來撞上玻璃窗發出聲響。

我閉起眼睛，聞著在各種雜音混合下反而顯得安靜得可怕的房間霉味。一種令人懷念的氣味。

這時房間角落傳來奇妙的聲音，我爬出被窩，瞪著聲音來源的角落，看見兩顆琉璃般的小珠子閃閃發光，仔細再看，原來是一隻貓弓著身子朝著一個方向慢慢靠近。

等到眼睛適應黑暗，逐漸看清貓的大小和毛皮，還有頸子上的紅布製項圈。應該是養在這屋子裡的貓吧。我拿起枕頭打算丟過去趕牠走，就那一瞬間，看見房間的另一個角落有隻老鼠動也不動地和貓保持對峙的局面。

我還記得小時候，大約是六、七歲吧，親眼目睹貓吃老鼠的場面，但是這已成了近來難得一見的光景。我心想不知結局如何，便仔細觀察兩隻動物。

貓完全無視於我的存在，豎起耳朵前進一步後便慎重地等待下一步動作的時機，就這樣逐漸往老鼠的位置逼近。

我巡視房間四周，看看老鼠有沒有地方脫逃。房門關得緊緊的，玻璃窗鎖上還拉上了窗簾，看來是無處可逃。

抬頭看天花板，老鼠所在位置的正上方有個破洞。就在我以為老鼠要沿著牆壁逃進洞穴時，貓已經撲上老鼠。老鼠像被鬼壓身，毫不抵抗。貓前爪壓住老鼠的背，然後才第一次正眼看我。眼睛瞇成細縫，顯得很得意，接著玩弄起老鼠。

貓將老鼠丟到空中，凌空翻轉的老鼠這時才試圖逃跑，但是立刻又被抓住，而後再度被丟到空中。

同樣的動作重複好幾次，一如玩弄皮球一樣，貓柔軟的動作中帶著一種天真氣息。看著兩隻動物互動，與其說是殺害者和被殺害者之間的緊張關係，倒像是兩心相許的夥伴正在遊玩一般。貓將老鼠丟在空中好幾十次，直到老鼠動也不動躺在地板上，又把老鼠轉來轉去，一副感覺無聊的神情看著我。就在我心中念著差不多該適可而止了吧，貓一口撕裂老鼠的肚子開始吞食。

眼看著活生生的老鼠身體逐漸消失，一下子頭顱向後仰，一下子手腳觸動。等到老鼠完全不動，貓舔舐滴落在榻榻米上的鼠血，之後又吃起死亡的小生物，連骨頭也不放過，我還聽見牙齒咬碎最後一塊頭骨的聲音。滴落的鼠血舔舐乾淨後，貓又舉起前腳清理嘴邊餘屑。不知是不是不合貓的口味，榻榻米上還殘留老鼠尾巴。

我心中瞬間浮現殺死這隻貓的念頭，不斷湧起對這隻貓莫名的憎惡。房間入口有一只空置的玻璃花瓶，我悄悄起身拿了花瓶，靠近還在用舌頭舔舐的貓。

貓一看見我，豎起背上的毛往門的方向移動。牠大概看穿了我的想法吧，我心想怎能讓牠逃跑，這裡根本沒有出口。沒想到就在門邊的牆上破了個大洞，洞口大得別說是貓，就連狗也鑽得過。洞外面蓋著木板，所以我一時沒看出來，但是貓卻很清楚。貓推開木板一溜煙便跑了。

我坐在被窩上抽菸，看著殘留的老鼠尾巴。不知過了多久，我捻熄不知是第幾根的菸，躺進被窩裡。這十年來，我心中始終存在的好幾個疑問又再度浮現腦海。由加子究竟是什麼樣的女人呢？為什麼要動刀子割喉自盡呢？會不會我對由加子就像對那隻老鼠一樣？不，還是說由加子才是那隻貓呢？為了對你說明我為何有這些疑問，我必須寫出我和由加子之間的一些往事才行；只不過得留待其他機會再說。

那個晚上我完全沒能闔眼，躺在被窩裡想心事。或許是活生生遭吞食的老鼠所引發的特殊感受讓我十分亢奮吧。我想了很多；你穿著葡萄色衣服經過我眼前的身影、和你相識到離婚為止的幾年間、過世的瀨尾由加子、在舞鶴的少年時光、開出去的空頭支票、今後的財源……就在東想西想之際頓然領悟：原來貓和老鼠並非他人，不就是我自己嗎？在孕育自己生命的無數個心中，看見了或生或死的貓和老鼠。於是我想到了：那一天我漂流在死的世界，其實是看見了生命的本然吧？

那一天，十年前出事的那一天。我要就我記憶所及，正確無誤地把那一天的事寫出來。

我處理完公司事務後，坐上等待許久的公司車前往京都。京都某私立大學為了紀念創校一百週年，打算興建圖書館和紀念堂，好幾家建設公司都出來投標。

我們公司雖然不是很想獲得這樁工程，但是因為谷川建築包商丟出了超乎常理的估價單，展現出絕對不讓星島建設標到該工程的企圖，所以你父親簡單地要求（他一向簡單交代，卻給人分外的壓力）：「標到這項工程！」我是該業務的直接負責人，透過認識的大學教授與校長、理事長接觸。我開口邀約：「生意的事先放一邊，不如找個清靜的地方，大家好好聊一聊。」對方也有意赴約，便有了這一次在祇園「福村」的接待。

我的大學友人在「福村」便已喝得爛醉，校長、理事長因為高齡，婉拒了換個地方再喝的提議，我只好派車先送他們回家。由於我已經預約亞爾酒吧做為繼續喝酒的地點，便要司機把車停在路邊，利用公共電話說明今晚取消預約的緣由。

平常我會直接改搭計程車回嵐山「清乃家」旅館，等待下班回來的由加子前來會合，但是那一天接電話的人是由加子，她表示當晚不想過來。我詢問理由，由加子沉默不語，於是我想起來由加子家中最近總是有男人到訪。是某所大醫院的經營者，是個年紀約五十二、三歲，體態發福的男人。早在三個月前他就開始說服由加子，說要幫她開間店。我聽由加子說起這事便回答：「與其一直生活在這種世界，倒不如自己開店。」我是真的這麼認為。

一方面我覺得與由加子的關係並不長久，甚至希望早點結束算了；但是另一方面，我又對由加子有著根深柢固的愛戀。「今晚又要陪那個男人了嗎？」由加子沒回答。我感覺由加子打算那麼做——其實這是由加子的自由，我無權阻止，然而嫉妒真是奇妙的感情，我竟一反平常的口吻生氣地表示「我在清乃家等你」便掛上電話，讓公司車回去，自己搭計程車前往嵐山。

我明知由加子不會來，還是繼續等待。半夜三點鐘左右，由加子進來房間，一句話也不說，直接走進浴室淋浴了很久。

「清乃家」是間古老的旅館，但為了我們這種住宿的客人，特別在房間裡加蓋浴室。看見穿著浴衣坐在我旁邊的由加子的臉，我嚇了一跳。國中時那個在舞鶴的黃昏，低垂的頭髮濡濕、側坐在一旁的由加子出現了。我靜靜看著由加子，手伸進由加子浴衣的下襬，滑入她大腿內側，正準備繼續深入，由加子側坐著整個人向後躲開。過去她總是配合我的動作，那一夜卻拒絕我。

「你和那傢伙睡過了？」我質問。由加子說：「對不起。」然後便用銳利的眼神瞪著我：「明天我還在睡覺之際，你就要回去了，不是嗎？」我和由加子彼此無言對看許久。「你總是離開，總是回到自己的家。絕對不會回到我這裡……」由加子低著頭說。「那個男人難道就不離開，不回他家嗎？」由加子低著頭輕輕點了點。

我也變得異常冷靜，心想乾脆就分手吧。我站起來緊緊抱住由加子，從很久以前我就感覺她是個可憐的女孩。由加子很美，有種惹人憐愛的獨特，更令人覺得她是不幸的。我誠實告白：「好好擺布對方，讓他拿出錢來吧！對方不是很有錢嗎？比起沒出息的男人，跟這種人還有點好處。擁有自己的店，好好努力賺錢才是真的。我什麼都不能幫你，但是在舞鶴認識你以來就一直喜歡你，是你教導我什麼是戀愛。我不能報答你什麼，只能答應從此不再出現在你面前。」

我的心中有兩種心情，一個是像氣泡般浮現的嫉妒，另一個是安心——這下子什麼麻煩都沒有就能分手的安心感，讓我表現出成熟穩健的態度。然後我們躺進被窩，閉上眼睛。一開始我睡不著，漸漸便沉睡了。

而後感覺右胸口有種沉重的痛楚和溫熱，張開眼睛看見由加子坐在旁邊，一雙狹長眼睛瞪著我。由加子撲上我的那一瞬間，我感覺脖子傳來火燒般的劇痛，下意識間我推開由加子站了起來。黏濕的液體在我脖子與胸口流動，我看見被窩上滴落血跡，而由加子的臉漸漸在我眼前逐漸變黑，最後什麼都看不見。

根據警方的說明，由加子刺殺我之後，拿刀從自己右邊耳朵到下巴割開約七公分的傷口。耳朵部分的深度是三公分，顯示一開始很用力刺，隨著刀勢滑落力道也跟著轉弱，到了下巴，傷口逐漸變淺，最後一段只有兩公釐深。警方還說因為由加子倒在壁龕裡我才能得救。

由加子倒下時，左手撞到呼叫櫃臺的電話聽筒，櫃臺的呼叫鈴聲響個不停。那時旅館老闆已在自己房間就寢，櫃臺只留下年輕的服務人員，當時正在旅館最後面的大浴場做事，沒聽見呼叫鈴響。服務人員檢查過熱水器的問題後才回到櫃臺，據說已經是二十分鐘之後。警方推測服務人員至少有十到十五分鐘沒注意到鈴聲響。

如果他還繼續做其他事，我肯定必死無疑。服務人員拿起響個不停的話筒回應卻聽不到回答，可是房間裡的話筒又沒掛上，不放心地來敲我們的房門，一樣沒有回應。櫃臺的呼叫鈴聲持續作響，他才拿鑰匙開門進來檢查。

當時由加子已經斷氣了；我還有脈動，一息尚存。我不知道是在旅館一團混亂的時候還是到達醫院以後，但是當時的我處於一種奇妙的狀態。

我想是不省人事之後的一段時間吧，我感覺身體發冷，而且不是平常所謂的冷的感覺而已，是那種聽見全身發出逐漸凍結聲音的冰冷。在令人害怕的寒冷中，我走回自己的過去。我找不到其他說法來描述當時的情境。

過去我做過的事、曾經有過的想法，各式各樣的影像以極快速度倒帶回去。雖然速度飛快，每一個畫面卻在我腦海中清晰閃過。包圍在寒冷的氣氛中，眼前飛過種種影像。我還聽見人的聲音，我記得很清楚，那人說「大概已經不行了」。

漸漸地影像通過的速度變慢，同時出現難以言喻的痛苦。影像萃取我過去的行為、思考，將我丟在其中。那些是我過去做過的惡與善，除了這個說法，我找不到其他字眼來形容。

那不單是道德的惡與善，或許應該說是區分成生命中染上的毒素和潔淨的東西分別附著在我身上。而且當時我看見自己的身影往死亡的路上前進。就像另外一個自己被迫極其痛苦地目睹自己清算過去所累積的惡與善。

也許有人說我是做了夢，但我確定那不是夢境！因為我的確是站在一旁不遠處看見自己在醫院的手術室裡接受急救。我還記得醫生說過的話。恢復之後，我向醫生印證過。醫生側著頭驚訝地說：「你聽得見嗎？」我不僅聽得見，還能從別的地方看見我和醫生、護士，甚至所有手術房裡的醫療用具等情景。

聽見醫生說話的人並非躺在手術臺上的我，而是站在不遠處看著自己赴死的另一個我。忍受劇痛的人也不是躺在手術臺上的我，而是注視這一切的我自己。

我剛剛所寫看著自己清算過去所累積的惡與善、忍受著劇痛的我，其實我說錯了。寫信的此刻，我試圖挖掘記憶深處，發覺被迫清算自己過去所作所為或未實現的想法等惡與善時，之所以感受到令人發狂的苦惱、寂寞、莫名的悔恨，其實是看著即將赴死的我的另一個自己。當時我一定是在很短暫的時間內覺得自己死了，不然該如何解釋另一個自己呢？應該不會是脫離我的肉體的生命本身吧？

不久又覺得暖和了，苦惱、寂寞、悔恨也跟著消失，另外一個自己不見了。直到意識恢復，完全處於黑暗之中，沒有任何記憶。

我聽見有人呼喚「有馬先生、有馬先生」，混濁的視線前面是一個看似護士的中年婦女的臉。不久你來了，好像跟我說了些什麼，但我不記得內容。之後我又睡著了。

不管有沒有人相信，這就是我十年前體驗的事實。至今我沒對任何人提過這個奇妙的經驗，本來還打算終生不再提起，可是看到你信中寫到「生和死或許是同一件事」，一瞬間我陷入了異常的興奮和沉思。「隨著死亡，生命的一切也跟著消失」的這種想法，或許是人類傲慢的理性所創造出來的一大錯覺，我不禁這麼想。

我因為復活了，那個看著自己的另一個自己消失了；但如果我死了，那個「自己」將會如何呢？是否變成沒有肉體也沒有精神的生命本身，融化在宇宙之中呢？而且會帶著自己累積的惡與善，過著永無止境的苦惱歲月？

我要再一次强調，我看見的絕對不是夢境！我甚至覺得那正是生命之為物的真實。

提起這段經歷之前，我說過其中「沒有任何思維與邏輯」，但我也不能否認其中仍不得不摻雜我思索過後的解釋。之後我也幾度思考，那另一個自己是不是俗稱的「靈魂」？「靈魂」這東西究竟是什麼，是否真的存在，我也不知道。但是我看著自己瀕死（不對，某段時間內我確實已經死去），我不覺得那個「我」是自己的靈魂呀。

如果真有靈魂，難道不應該是我們在活的狀態中，由靈魂來主導肉體和精神的活動嗎？那麼，心臟的跳動、血液循環、好幾百種荷爾蒙分泌、奇妙的內臟作用等，還有內心無時無刻的無限變化，都受到靈魂的控制才對。

請仔細想一想，人並不是那樣子呀。我們的身體自主地活動、自主地哭笑、生氣。我們的生命並非隨著靈魂這東西而生存、起舞呀。

另一個自己累積了我們人生的惡與善，苦於永無止境的煩惱，在我們死後繼續存活，這絕對不是「靈魂」這般曖昧的說法，而是讓人類有喜怒哀樂等感受、有複雜微妙的肉體及精神活動的「生命」本身呀。這是我的想法。

絕對不是靈魂，而是無色無形、無法用言語形容的生命本身。隨著身體逐漸復原，我從醫院窗口看著顯示春天即將到來的自然變化，內心不斷思索這個問題。

我永遠不會忘記自己所體驗過的這個奇妙事實，因而對於「活下去」一事感到害怕：這次沒有死於這個事件，但總有一天我還是要面臨死亡。我會被裝進棺材、送到火葬場燒成骨灰，我將無形無影地消失在人世間；然而我的生命背負著自己所累積的惡與善繼續存在，不會消滅。這一點讓我渾身顫抖。我又聞到最後一夜抱在我懷裡的由加子的體味，由加子像個孩子般對我所言一一點頭的樣子在我眼前浮現。是我殺了她，這個想法深深根植在我心中，直到今天依然不散。

儘管我看見自己的生命本身，這個想法還是沒改變。我必須擁有完全不同的人生才行，在我療傷的過程中逐漸形成這個想法。

我知道我讓當時的你受了多大的傷害與悲傷。我對你的愛意在出事之後反而變得更加濃厚，同時對於已不在人世的瀨尾由加子，那種痛徹心扉的愛情也迅速膨脹。

就在這個時候，星島照孝先生暗示我離婚。難得他說話迂迴婉轉，態度卻很堅決。如果我沒經歷那段奇妙的過程，大概會低著頭拜託你父親：只要您願意，請讓我們夫妻重新來過吧。但是我必須改變自己，那個「自己今後必須有不同人生」的決定動搖了我。確定出院的那一晚，我在數日搖擺不定的心上畫下了休止符，決定和你離婚，面對新的人生。

我的確變了。嘗試不同以往的生活方式，我變成爛泥般的男人，為生活所累，成為沒有光彩的人。這些就不必多說了。

我在藏王小木屋的房間看著貓吃老鼠的同時，你應該在距離不遠的大理花公園裡，和身體殘障的清高仰望著星空吧。

我和你們母子各在不同的地方欣賞不同的光景，但或許看到的都是一樣的東西也說不定。真是不可思議呀，人生有時就是充滿了悲傷。不，我不應該寫這些的。我想這封信就到此為止吧，再繼續寫，恐怕寫出更多不該寫的內容。請你保重身體，平安生活。因為莫札特的音樂帶給你的感受，讓我寫出了原本打算畢生不公開的生命體驗。就請當作是我一廂情願的說法，不必太在意一個殺了歡場女子的落魄男子的戲言。

有馬靖明　草字

七月三十一日

附記：因為不能以有馬靖明的名字直接寄信到你新建立的家庭，我在信封的寄信欄位填上了女性假名。我想你看到筆跡應該就知道是我的來信。

致　有馬靖明先生

前略

我哭了。讀著你的信，無法遏止的淚水不停氾流。啊，原來你躲在獨鈷沼澤附近小木屋的二樓，偷偷看我們走過……你還一直站在窗邊好幾個鐘頭，等待我們再度經過林蔭光影的小路回去……我完全沒想到竟是這樣。這封信接著該寫些什麼，我也沒了主意。沒有主意地看著信紙，我又感到熱淚盈眶。

「亞紀看起來生活富裕美滿」，為什麼你這麼寫呢？的確，相較於世間一般的家庭主婦，我是富裕美滿，身體健康；可是你沒寫「亞紀看起來很幸福」。我知道你是故意的，因為你早已看穿我。所以你才佇立窗邊等待數小時，看著我的身影再度經過小木屋前回去。一定是這樣子。

我邊哭泣邊讀信，看到那段奇妙的經驗，不禁受到衝擊。

讀完整封信，頭腦昏沉，安靜地等了好一陣子讓自己恢復平靜，然後重讀一遍你瀕死前感受到、看見的那一部分。我反覆讀了好幾遍，畢竟還是超越我能理解的範疇。

你用了「自己所累積的惡與善」的字眼，我甚至連惡與善是什麼意思也搞不清楚。究竟你所說的惡是什麼？善又是什麼？這些都是我無法理解的。但是我知道你不會憑空亂寫，那是你真實的體驗。因此關於這件事，我完全不知道該如何回應，也許最好不要提及才是。既然你只把那段奇妙的體驗告訴我一人，我應該放在心裡密而不宣才對。

十分感謝你讀了我那兩封冗長的信，甚至願意回信。我有預感，這次你也會再回信給我吧。想到你肯讀我的信與回信，就有種十分幸福和帶點背德氣氛的感覺。你一定會苦笑吧，然而我也很清楚我們的書信往來（如果你還肯繼續回信的話）總有一天必須結束。

今天我實在太激動了，對於該如何下筆竟毫無頭緒。或許該沉澱數日，等心情平靜後再提筆。只是，昨天一收到你的來信，我就渴望能立刻寫信給你。

之前我先生去了美國，我自己的時間空了許多；他回國後，我又當起忙碌的家庭主婦。今天早上我先生出門後，清高一個人關在房間不肯上學，我問他理由，他只是嘟著嘴，始終擺著一副強烈不滿的神情，整個人縮在床上一句話也不肯說。

一定是在學校裡遇上什麼事。因為他無法清楚告訴我遇上什麼事，每次一不對勁就以這種方式對我撒嬌。我嚴厲告誡他，可是換好西裝、等待公司車的父親卻制止我：「既然他不想上學就隨他高興好了。」每次都是這樣。父親認為清高身體已經這樣子，就該好好愛護他，我卻覺得就是因為身體如此才不該任憑他哭吵，寵壞了他。我與父親之間為了小孩的事常常起爭執。

確定清高有先天性缺陷，是在他一歲三個月的時候。他不會坐也不會爬，臉上表情的變化很少，對周圍聲音、動態的反應也很遲鈍。

我在那半年前就覺得這孩子有問題，該不會有什麼異常吧。因為害怕自己的預感成真，一再延遲送醫檢查。育兒書上寫，有的幼兒到了五個月大就會坐立，也有的幼兒到了八個月大還不會，所以我認定清高應該是比其他小孩發育慢。然而到了一歲三個月，他還是不會坐立，我不禁感到害怕。

當醫生告知是先天性腦性麻痺，從肌肉僵硬的狀況來看，病症還算輕微，那一天我不知道自己是如何抱著清高回到家裡的。

直到傍晚時分，育子一臉擔心地走進房間，才發現我始終將清高抱在懷裡、端坐在嬰兒床旁邊，眼光渙散地看著地毯。當時在激烈的悲傷與不安中，心智幾乎失去正常。半夜起來換尿布，我冒出一個想法：我又沒做壞事，為什麼有這種命運？我看著丈夫的睡容，一個從來沒有的念頭油然而起：如果是和有馬靖明生的小孩，清高或許就會四肢健全吧。

多麼可怕的念頭呀！這是多麼侮辱自己丈夫的想法呀！可是我卻很認真地這麼想。清高是我和勝沼壯一郎的孩子。如果我沒和他結婚，就不會生出清高這樣的小孩！都是你的錯，都是有馬靖明的錯！是你讓我生下清高這個可憐的孩子。

當時的我在小燈泡的光線下一定呈現魔鬼般猙獰的面孔。不能原諒，我一生都不能原諒有馬靖明這男人。都是你，都是你的錯，我在心中吶喊。

隨著清高長大，與生俱來的缺陷清楚呈現在我們眼前，我對你的憎恨也變得愈來愈强烈、愈來愈巨大。

啊，我的確太亢奮了。手不停顫抖，手指完全使不上力。讀完你的來信之後的亢奮，和過去對你抱著連自己也感到害怕的强烈憎恨結合在一起，我有些語無倫次。對不起，請原諒我。

今晚我還是就此擱筆吧。就算你不回信，我還是會繼續寫給你的。我又流淚了，為什麼今晚我的淚水這麼多……究竟我是怎麼了？

勝沼亞紀　謹上

八月三日

致　勝沼亞紀女士

前略

看到你一向端整的筆跡竟然微微顫抖，到了最後一行甚至歪七扭八的，讓我踏進了好久沒去的站前小酒館，獨自坐在吧臺前喝酒，直到打烊才離去。

好久沒有這樣喝酒了。帶著沉重的心情喝酒，自我嘲諷地想：假如根據三段論法來看，讓你擁有先天性殘障小孩的人的確應該是我。我甚至陷入黯淡的沉思，想到在京都的百貨公司，我一時興起前往六樓寢具賣場的事。不，如果要更加追溯既往，應該是在我國中因為父母雙亡被緒方夫婦收養而去到東舞鶴車站時，讓我和許多人有了命運的交會。

沒錯，誠如你所說，一切都是我招惹來的，我卻不得不認為：這十年來我因此一直受到懲罰，不知不覺間喝多了威士忌。

酒館裡和我一樣歲數的酒保不時跟我說話，但我仍然一言不發地注視酒杯中的液體。這家小酒館的客人盡是些混過黑社會的小流氓，如今則在附近柏青哥彈子房當店員，或是在小鎮工廠當個落魄員工，沒有正職的則到處打零工，沒事就在自行車競賽場或賽艇場鬼混。偶爾為這家店感到惋惜，這裡其實該有更正經一點的人來喝酒才對，偏偏都是這些人在污濁的空氣中拚命抽菸，調戲酒保的年輕老婆（他倆對客人隱瞞夫妻的關係，但我早就暗地觀察到真相了），聊些猥瑣的話題，因為無聊的笑話而放聲大笑……幾乎不到打烊時間不肯離去。

我曾在信中提及與瀨尾由加子的往事：我被人丟進十一月的舞鶴之海，接著由加子也跳進海裡，最後我和由加了全身濕答答地前往她的家。我們換了衣服，在二樓由加子的房裡圍著暖爐相視以對，她以不像是十四歲女孩的媚態貼近我的臉頰、親吻我的嘴唇。之後我又加了以下這句「十四歲就能毫不猶豫地對男生那麼做，只能說是瀨尾由加子這個人天生的業吧」。隨著醉意漸濃，我不斷回想自己寫過的內容。雖說是自己寫的文字，但究竟所謂的「業」是什麼呢？

我沉思良久，內心不由得回味由加子身體的觸覺。就在這麼做的同時，忽然之間我對於那個緊緊在旁不肯離開、注視著死去的我的「那個東西」，彷彿有些模糊的了解。它應該是我做過的每件事，還有未曾付諸行動但留存心中的恨意、憤怒、關愛、愚蠢等物的結晶，深深刻畫在生命裡，成為永不磨滅的烙印；那是在我進入死亡的世界後回過頭來毆打我的東西。我心中浮現由加子的往事時，這個想法與閃過腦海的「業」一字似乎產生了關聯。為什麼有關，我也不清楚，只是覺得兩者之間好像有一點相通。

可是我漸漸爛醉了，酒館裡俗豔的紫色燈光和成排的威士忌酒瓶交錯旋轉，我感覺呼吸有些困難。不知道過了多久，背後有人搖晃我的肩膀，我恍惚回頭看，一個女人站在那裡，是跟我同居的令子，因為擔心我所以來接我回去。

令子付了錢給酒館老闆，我腳步不穩地踢開門走到外面。一隻狗站在路邊，我覺得自己還不如那隻狗。人影三三兩兩下了末班電車，超越我，往各自的方向消失而去。我覺得每一個人都比我有出息。我想起從藏王獨鈷沼澤旁小木屋二樓看見的你和清高的身影，覺得自己就像是丟棄在臭水溝的破鞋一樣。

令子默默地保持一小段距離跟在我身後。我醉得話都說不清楚，但還沒嚴重到神智不清。走著走著，感覺胸口很難過，趕緊整張臉趴在路邊，吐出了胃裡面的東西。令子輕撫我的背，說道：「回到家後，我拿濕毛巾幫你擦身體。」我卻對令子說：「我討厭你！」推開她後又冷言冷語譏諷地說：「伺候我這種男人，其實你很高興，我早就知道了。裝出一副擔心的樣子到酒館來接我，沒等我開口要求就先把酒錢付了，隔著幾步跟在我後面走，裝出奉獻自我的形象，其實是在扮演獨角戲。我的嘔吐正是你求之不得的好事，讓你能拍拍我的背，回到家後用濕毛巾幫我擦身體……說這些話的同時，你對於自己的賢淑溫柔感到陶醉。所以我討厭你，根本感覺不到你的愛意。就算我們現在分手，我也不覺得痛癢。」

令子就像沒做什麼壞事的小孩突然遭老師責罵一樣，困惑的臉上交雜著無邪和難為情的表情，茫然看著我的臉，然後用若無其事的口吻說：「人家從來沒想過要跟你結婚……」

「那就分手吧，我會離開你住的地方。」我竟然說得有些結巴。

令子今年二十八歲，一年前和我認識。對令子而言，我是她第一個男人。活到二十七歲還不認識男人的她，高中一畢業就進入大型超市工作直到今天，除了假日外，每天站在收銀臺前不停地將客人買的商品編號和價格輸入機器裡。將近十年，她幾乎都是這樣過日子，現在唯一的樂趣就是每週四的公休日做好便當約我去野餐。倒不是她喜歡做菜，只是沒想過存錢到夏威夷、關島旅行，或是花錢買衣服。身材嬌小，皮膚如嬰兒般白皙，雙眼皮下圓滾靈動的眼睛，一如青春期少女般清淨無瑕。不長舌，但有時安靜到令我緊張。如果沉默也算優點，她就是這樣的女人。

令子家裡有六個小孩，她排行老二。姊姊是領死薪水的上班族，有個平凡的家庭；兩個弟弟高中畢業後沒有升學，一出門就是好幾個月不回家，回到家也只知道偷父母的錢繼續往外跑，完全靠不住。剩下的兩個妹妹還是高中生，卻幾乎不上學，成天濃妝豔抹，在鬧區鬼混。令子的父親是木匠，十二、三年前因為工作傷了腰骨導致無法賺錢。從此家裡的收入沒了，只靠妻子在小鎮工廠的微薄薪水和長女及令子每個月寄回家的小錢過活。這些都是令子告訴我的，我還沒見過她的家人。

回到住所，我脫光衣服倒在令子鋪好的被子上。因為很熱，我要她打開冷氣。令子說喝醉酒吹冷氣對身體不好，改用臉盆裝冷水，從冰箱取出冰塊加進去。她把毛巾泡在冰水中，取出擰乾後擦拭我的身體。從額頭、臉、耳朵後面、脖子、胸口到腹部，然後是背部……令子安靜地不斷用冰毛巾幫我擦身體。擦完整個身體後，她端坐著俯視我的裸體，手指撫摸我脖子和胸口上的傷痕。

關於我的傷痕，我從未向令子說明，令子也不會惹我不高興，問我傷痕是如何來的。那一天是頭一次，令子確切地以手指滑過我的傷痕。

用冰毛巾擦拭身體果然很舒服，但是擦過之後身體反而更加熾熱。我對令子說：「再幫我擦一遍，很舒服。」令子又再幫我全身擦了一次。我對幫我擦身體的令子說：「時候不早了，睡覺吧。」牆上的時鐘指著半夜兩點，而令子一向早上七點起床做早飯，八點半出門上班。「人家明天不去上班了……」令子聲音失落地回答，又繼續盯看我脖子上的傷痕。她說休假積很多，請假二、三天不上班也沒什麼關係。

可是我突然想到，和令子同居以來，除了公休日外，這是她第一次說要請休假。看來我剛剛無心說的話傷了令子的心吧。我再度跟令子說聲「我們分手吧」便閉上眼睛。閉著眼睛的時候，我怔怔地想著：或許我今晚對令子做的事，也正是當年對由加子做過的事。

這不是很奇怪嗎？跟十年前相比，我改變許多，卻重蹈十年前的覆轍。不知為什麼，我的心情平靜安詳。令子關掉房間的電燈，換上睡衣，在我旁邊鋪好棉被，趴下來後臉轉過來面向我，對我說起往事。一開始說話的聲音很小、聽不清楚，漸漸地充滿力度。

「我的祖母七十五歲那年過世，當時我十八歲，最小的妹妹還沒進幼稚園。我還記得葬禮那天下雨又很冷。

「和姊姊、弟弟不一樣，鄰居常取笑我是祖母的小孩，我也覺得祖母特別喜歡我。祖母常常遮掩自己的左手，穿和服時藏入袖口，穿圍裙時就伸進口袋，因為她一生下來就少了左手小指，天生畸形。聽說從小就因為這樣常被鄰居小孩欺負。祖母生了五個男孩，其中四個都死於戰爭，分別是在緬甸、塞班、萊特島和菲律賓等不同地方，幾乎是同時戰死，而且是在戰爭結束前不到一個月的時間。

「當年祖母常讓還年幼的我坐在她面前，每隔幾天傳來兒子的死訊，她便哭天搶地訴苦。不管她說了些什麼，最後總會提到同樣的話題。或許是我從小比其他姊弟願意聽別人說話，祖母不管說幾遍同樣的話題，我臉上都不會露出厭煩的表情，而是用拇指和食指輕揉自己的一邊耳垂，聽得很認真。揉耳垂是我從小就有的習慣，所以總是有一邊耳垂發紅熾熱。到現在工作的時候，還會一隻手按機器的鍵盤，一隻手搓揉耳垂，等意識到自己的行為才趕緊放手。

「每回祖母說完話，一定讓我看她畸形的左手，然後說：『那些躲在距離戰場很遠的安全地方、不斷派人出去打仗的人，來生轉世絕對不會做人。不管是戰勝國還是戰敗國，上面的人都是一樣的。他們轉世一定會變成人們討厭的蛇、蚯蚓、百足之類的生物。就算投胎成人，也一定遭人追殺，得到應有的報應，最後短命而死。』說這些話時，祖母的表情總是皺成一團，看在小孩子眼裡是那麼堅決毅然。祖母相信人死後必有來生，證據就是她那出生以來只有四隻手指的左手。『看看我這隻可怕的手。』為什麼說完那些話後，她要讓我仔細看她畸形的手呢？至今我仍不明白。

「祖母說：『這個手指讓我明白了一件事。倒也不是什麼很確定的理由。我那四個受徵召當兵的兒子接連在遙遠的南洋戰死，然後戰爭就結束了，然後很快又過了一年，我即將五十一歲了。走在一片灰燼、炎熱的大阪市裡，我心想為什麼我的兒子活不到三十歲就得死？說不定我會在哪裡跟死去的兒子重逢。不，我們一定會重逢的，而且不是來世。就在今生，我會跟其中三個可愛的兒子再見面。想到這裡，無與倫比的喜悅混雜著難以言喻的悲傷讓我流下眼淚。我從褲子口袋伸出只有四隻手指的手舉在陽光下。就這樣子站著，看著我可怕的手許久。連我自己也覺得這隻手醜陋得可怕，可是不知道為什麼，就是因為這隻醜陋可怕、天生就只有四根手指頭的手，讓我覺得今生一定會再跟我的兒子重逢。』

「這些話我聽了好幾遍，對我而言跟聽故事一樣。我端坐在祖母面前，直到祖母說累了停下嘴，我始終揉著耳垂聽她說話。

「聽她說話的時候，我總是納悶地想：為什麼祖母的四個兒子戰死了，但她相信今生將重逢的兒子不是四個而是其中三個人呢？但我始終沒問，只是安靜聽她說話。

「祖母說完後一定會加上一句結語：『奪人性命最可惡。不只是別人的性命，自己了斷自己的性命也是一樣。』祖母告誡我：『這個世界上有很多壞事都不可以做。但是這兩種卻是最恐怖的壞事。』

「祖母為什麼說這些話，我是在幾年後當了高中生、祖母過世前不久才知道的。祖母說她四個兒子都戰死了，其實並非如此；其中一個，祖母說謊了。這是我爸爸告訴我的。

「其他三人的確是戰死的，但是排行老二的賢介，在緬甸因為看見飢餓和瘧疾讓許多戰友接二連三死亡，有一天自己一個人走進森林裡上吊自殺了。戰死的謊言是來自軍方的通知，祖母是在戰後從緬甸遣返的軍人口中知道了真相。那個軍人將賢介的遺骨裝進四方形小紙盒中，還帶著眼鏡、破爛的筆記本等遺物來到我家。聽說祖母一臉蒼白地聽著賢介不是死於敵人的槍彈而是自殺的實情。筆記本裡只寫了一句話：『我不幸福』。

「祖母葬禮那一天，撿完骨之後，為了招待遠道而來的親友，媽媽和我在狹隘的廚房裡忙進忙出，準備簡單的飯菜。忽然間我想起小時候祖母常說的那些話，心想：祖母活著的時候，是不是真的感覺到在哪裡跟她的兒子相逢了呢？深信此生一定會與兒子重逢的祖母，是否真的遇見了他們呢？

「端送清酒、啤酒時，我認為祖母並沒有感覺到這些便過世了。但是說來又很奇怪，我又覺得祖母生前應該與她死去的兒子在哪裡重逢過吧，只是祖母不知道對方是她死去的兒子，對方也不知道祖母曾經是他們的媽媽，雙方只是在某個地方、在某一瞬間打過照面。

「想到這裡，我感覺到一種不知是高興或悲傷的情緒包圍了我，激動得快要流出淚來。我想是因為守靈和接著舉行的葬禮太過疲倦，讓我的心靈變得感傷敏感吧。我終於理解祖母為何說她今生重逢的兒子人數是三個而非四個：因為她認為不可能再見到自殺身亡的賢介；她相信了斷自己生命的賢介是無法再投胎做人的。

「我彷彿明白了祖母的想法。四個兒子都是祖母親生的小孩，每一個都是心肝寶貝，都是因為出征而沒能回來。我覺得這四個人之中，在緬甸叢林裡上吊自盡的賢介或許才是她最想再見的兒子吧。賢介才是祖母最喜歡、最疼惜、終其一生想念的兒子吧。」

令子叨叨絮絮說完這些，頭窩在我的腋下。我有些吃驚，不禁抱住她的肩膀。這是她頭一次一個人說那麼多話，也是她第一次像這樣靠過來我身邊。

我還是以若無其事的口吻問她：「你說了這些，到底是要跟我表示什麼呢？」令子深深嘆了一口氣：「人家覺得你可能會死嘛。」我不高興地反問：「我為什麼會死？」令子欲言又止，保持沉默。

我心想：幹嘛跟我說這老太婆的故事，同時閉上了眼睛，眼前卻似乎看見令子祖母天生就只有四隻手指的左手舞動著，心中也不斷出現那個在緬甸叢林自殺的青年賢介所留下的遺筆：「我不幸福。」

我無法成眠，於是輕聲要令子脱掉睡衣。我起身坐在棉被上，要裸身的令子擺出她最害羞的姿勢，恣意任我擺布。我用力擠出積存在體內的精力之後，立刻離開她身體躺在棉被上，背對著她故意發出大聲鼻息。

過了不久，令子又開始說話：「人家有個好主意。」她臉頰靠著我的背，我裝作不知道，有種宿醉鬱悶的感覺湧上，只想趕緊睡覺。

令子低聲說：「祖母為什麼不告訴我，賢介不是戰死而是自殺呢？」我也覺得奇怪，但是不想回應。反正對我而言都無所謂，不久我就睡著了。

隔天早上，我很晚才醒來，看見令子在廚房小桌子上攤開好幾張紙，寫寫停停、左思右想。我問她幹什麼，她對我一笑，跟昨晚一樣回答：「人家有個好主意。」我洗完臉後，坐在令子對面，點燃起床菸吸吐一口。令子在紙上寫著密密麻麻的數字，有的數字則是填在方形空格中。「你猜人家有多少存款？」令子看著紙張問我。

其實我偷偷看過她放在衣櫥裡的存摺，但我回答不知道，要她給我倒杯冰麥茶。平常她一定立刻去倒茶，但這天她卻看著紙張，指著冰箱說：「在裡面，自己拿杯子倒。」沒辦法，我只好打開冰箱。這時令子說：「三百二十萬圓耶。」她抬起臉來看著我，難掩高興的神情微笑說：「另外還有定存一百萬圓，下個月三號到期。若不是要寄錢給爸爸，應該還能存更多。要是我和姊姊不幫忙的話，光靠媽媽的收入，家裡是無法生活的。所以沒辦法囉。」她好像很過意不去地對我說明。

我不禁低喃說：「別說得像是為我存錢一樣。」令子一聽不太高興：「人家沒有這個意思。」聽我笑說是開玩笑的，她表示：「我是在一年前認識你……

一年之間應該存不到四百二十萬。」她一雙圓滾的眼睛帶著笑意，提出她想到的新生意。

令子說她是在常去的美容院裡想到這門新生意的。「最近美容院過度競爭，一個區域裡有五、六家，甚至多達十家，因此每家店都致力學習新技術，加强對客戶的服務，其中最頭痛的就是宣傳的方法。我常去的這一家，每個月會製作月報之類的東西發給客戶，但因為不是印行好幾萬份，量少成本也就增加，加上每個月要做很麻煩，最近開始委託小型設計工作室處理。然而這麼一來製作費用反而增加了，也是很困擾。我聽美容院的老闆這麼說，心中便有了個念頭。」

令子拿出寫的東西讓我看。那是一張提供服務給客人的宣傳刊物。第一頁上面有個方框寫著店名、經營者姓名、商店住址和電話號碼。旁邊將該宣傳刊物的名稱寫得很大，但目前只是暫訂的名稱，還未正式敲定。「第一頁還會放代表每季盆花的照片。」令子邊說邊翻開第二頁和第三頁。「裡面放些介紹在家裡洗頭的正確方式、如何保養肌膚、特殊食譜、流行的髮型等小常識。第四頁要放些什麼，我還在想。」令子眼神發亮，拿原子筆尖重複描畫封面的方框，還探出身子說：「這個部分才是重點所在！其他部分的內容都一樣，而首頁方框的店名、經營者姓名等可以隨著不同店舖調整。」

我靜靜聽令子說話。「我去附近一家小印刷廠問過：如果一次印三萬份，雙色印刷，每份只要七、八圓。假如一家店買兩百份是四千圓，三萬份就需要找一百五十家店，這樣生意就做得成了。一份二十圓，每個月只要花四千圓廣告費就有漂亮的宣傳刊物，上面還印有自己的店名、電話號碼和各種美容院需要的文章。對美容院而言真是一大福音。賣給一百五十家店就有六十萬，假設印刷費是七圓，等於要二十一萬的成本，再扣掉其他必須的支出，應該賺得到一半，有三十萬吧。」

令子的說明過於簡略，只聽一次無法理解，我請她再說明一次。於是令子比先前更熱心地重述一次。我問：「方框的文字要怎麼調整？三萬份刊物配合各家店的訂閱數量，每一百五十份就得重新製版。這麼一來，一份成本就不可能只要七、八塊錢吧。」

「不是這樣。方框的部分先不印，一開始就先印好三萬份，之後只要分別製作方框部分的凸版，每次只要從那三萬份拿出兩百份印在空白的地方就好了。」

「可以這麼做嗎？」令子笑著回答：「印刷廠老闆說這種作業很簡單。」

「雖然說每家美容院只要花一份二十圓的廣告費很省事，但如果到處都看得到同樣內容的宣傳刊物，恐怕還是不太可行吧。客人看到只是封面印刷的店名、電話號碼不一樣，內容根本是現成印好的刊物，大概也不會有興趣吧？」

「所以一個地區只跟一家美容院簽約。這可是這門生意的商機所在呀。」令子回答得很有自信，還說有十八家美容院已訂閱了。

原來在我不知道的時候，令子已經拿著粗糙的樣本向常光顧的美容院老闆交涉。沒想到對方很感興趣，最後還幫忙邀約京都、神戶等地的同業共襄盛舉。

「可是也只有十八家呀。印了三萬份卻只有十八家簽約，剩下的兩萬六千四百份要怎麼辦？付給印刷廠二十一萬，進來的錢只有七萬兩千圓呀。」令子把存摺還有即將到期的定存單並列在桌上。「一開始會連續虧損吧。可是如果增加到五十家，然後繼續拓展到達一百五十家，不就能賺三十萬嗎？如果努力一點和三百家美容院簽約，每個月就能進帳六十萬耶。這麼一來，更應該到東京、名古屋等地去拓展業務，如果有一千家、一千五百家……」令子的餅愈畫愈大。

「假設限定一個區域只能簽約一家，隨著數量增加，範圍擴大，請問要如何去找願意簽約的店家呢？」令子回答得倒很乾脆：「你就負責跑外務呀。」我張大嘴巴瞪著令子好一會兒。「那麼每個月宣傳刊物的內容誰來企畫呢？」

「那也是你的工作。」令子看著我的臉，兩手遮住嘴巴偷笑。

「總之你先幫我泡杯咖啡、烤幾片麵包。我還沒吃早飯呢。」聽我這麼一說，她才站了起來。我心想：這傢伙是不是精神有問題？不禁覺得不太對勁。

剛剛她提的內容未免太離奇古怪了吧。認識的一年間，令子從未吐露自己的想法和感情，我根本不知道她在想些什麼。我一直以為她的優點是沉默和溫柔，人長得並不漂亮，頭腦也不頂聰明，可是昨晚她的多話和今天早上的生意經，我只能說她變了一個人。

令子睜著一雙黑色靈動的圓眼睛偷看我嚼麵包。我故意冷冷地說：「昨晚我不是說過要跟你分手嗎？」令子的眼光停在我的胸口，手指頭又搓揉起自己的耳垂，然後說：「人家希望你不要提分手嘛……」話還沒說完，令子流下了眼淚。「和我分手，你打算做什麼呢？」

「以後的事，我還沒想過。」讓令子哭出來，我就很滿足了；我根本沒有和令子分手的打算。說來很丟臉，和令子分手的話，我就沒有地方溫飽了。我只是想親口聽令子說不想跟我分手，所以從昨晚到今天不停地欺負她，說我要分手。

「我不想再碰新的生意了。任何聽起來有賺頭的生意，只要我一接手就會死得很慘。過去以來都是這樣，我不敢再試了。我身上就像是有死神附身一樣。真要想做，你就自己做吧。」

我看著令子濕潤的圓眼睛，不禁覺得自己這番話說得太任性。我什麼都不做只靠她養，能夠多墮落就耽於墮落到底。

中午過後，我們到附近的咖啡廳。原本垂頭喪氣的令子提出：「我不要求你工作，只希望你能幫我。首先，跑外務就必須有像樣的樣品才行，而且必須先製作已經確定簽約的十八家美容院的宣傳刊物。可是對於第二頁、第三頁、第四頁要如何設計，我還沒有好的想法。這次請你先幫我。另外，既然是做生意，就必須有個正式的公司名稱、說明書、寄發給近畿一帶美容院的宣傳信函。可不可以幫我一下嘛？」令子雙手合十拜託我。

我不耐煩地表示：「搞這些有的沒的，你不怕好不容易存的四百二十萬全泡湯？」令子堅決地回答：「人家相信一定會成功的。萬一做不起來，就再回到超市工作好了。」

總之已經和十八家美容院簽了約，這個月底必須交貨。那一天已經是八月五日，令子說印刷廠要求在十號前把要用的文章、照片收集齊全，只剩下五天了。我心想：只有五天能夠完成過去從未做過的宣傳刊物嗎？然而看見令子一副走投無路的表情，不禁心軟答應：「下不為例。」

四年前，我在一家中型印刷廠做過三個月，負責心齋橋筋一家日本點心老店的宣傳刊物，對大致的形式還有點概念，然而當年那些東西大多不是我直接經手，而是公司的美術設計與負責文案的同事做的。

令子的神情馬上又變得明朗，趕緊帶我到車站前的書店選購製作刊物需要的書。在我選書的同時，她則跑到文具店購買美術紙、尺、圓規、膠水、橡皮擦等各種用具。

最後我買了《家庭實用指壓祕訣》、《家庭菜園》、厚厚一本《有趣的雜學百科》、《婚喪喜慶大全》、兩本美容雜誌。反正豁出去了，五天內要做出從來沒做過的宣傳刊物，還要讓美容院老闆看了喜歡，願意長期訂閱。

所以我的信只能寫到這裡為止。令子這幾天都請假，整天不是去美容院就是跑印刷廠。我接著就要開始製作宣傳刊物。前三天我都在寫信給你，只剩下兩天了。畢竟令子照顧了我一年，幫她這點忙也是應該的。

桌上擺著之前買的書、可以用在封面上的風景照片、鉛筆、尺和美術紙等。

風景照片就是和你去新婚旅行時在田澤湖畔拍的。不知為什麼，這張照片夾在我僅有的家當中。我真不知道自己究竟能幫上什麼忙呀。

文字跳來跳去，變成了一封毫無脈絡可循的信，好像只是記下收到你的信之後、這幾天發生的事罷了。

有馬靖明　草字

八月八日

致　有馬靖明先生

前略

育子從信箱拿出你的來信來到廚房交給我時，噗嗤一笑說：「太太怎麼有名字這麼可愛的朋友呢？」

看了寄信人的名字，我也笑了。因為你署名「花園菖蒲」，簡直像是寶塚劇團大明星的名字嘛。之前來信用的是山田花子。如果再不費心編個像樣的名字，我家裡是會起疑心的。

直到深夜，我先生和清高睡了，我才展讀你的來信。記得我曾寫過，對於你和瀨尾由加子的交往始末，我有知道真相的權利，請你全部寫出來。那是讀了你居然大膽提到在舞鶴和瀨尾由加子邂逅的那一段過往後，我在回信中的想法。我當時想，如果不能得知你浪漫愛情故事的經過就會憤恨難消，才寫了那封信（讀那封信時，我真的氣極了，甚至想把信紙撕爛）。

可是現在已經無所謂了。我反覆閱讀你那封提到奇妙體驗的信，發現你其實已經交代了你和瀨尾由加子的關係，雖然你只是簡單寫下和瀨尾由加子的最後一夜。前幾天我又讀了一次，感覺其中暗示了你沒有明說的、關於瀨尾由加子和你從重逢後到發生那個事件之間的一切。這樣對我就足夠了。「你總是回到自己的家去」，瀨尾由加子說的這句話，將我內心深處存在的疙瘩完全糅掉了。

我對瀨尾由加子產生了一種類似愛情的情感。說是愛情，恐怕有些不適當。她雖然是搶了我丈夫的女人，但站在同是女性的立場，我開始有了想要安慰她的平靜心情來面對她。而今對於瀨尾由加子，我會因為她無法再度歸來而心生懷念，但是頑固的嫉妒依然存在心中。此外，你提到和你同居的令子所說的祖母往事，也讓我感覺不像是故事，而是那麼真實地撞擊我的胸懷。

我對於令子祖母所說的「奪走他人或自己生命的人再也無法轉世為人」感到某種恐怖的真實。為什麼我覺得那故事般的往事如此真實呢？我自己也覺得奇怪得不得了。在浴缸裡泡澡、黃昏在庭院澆花時，我一直思考為什麼老祖母說的話這麼貼近我的心靈？突然間我明白了，因為我是清高這孩子的母親呀。

儘管外形不同，但就像那位老祖母一樣，清高也可說是天生畸形。儘管是輕度，但清高一生都將背負這樣的不幸。為什麼我會生下背負不幸的孩子呢？為什麼老祖母的手只有四根手指頭呢？為什麼有人生來是黑人？為什麼有人生來是日本人？為什麼蛇沒有手腳？為什麼烏鴉是黑的、天鵝是白的？為什麼有些人生來是美人？有些人生來長得醜？身為清高的母親，我真的很想知道為什麼這世界確實存在著不合理、不公平與差別待遇呢？但是不論怎麼思考還是沒有答案。雖然沒有答案，但是讀了你的信，我陷入沉思：那位老祖母說的話並非可一笑置之的故事，也許是真實的……

你提到瀨尾由加子時曾經用了「業」這個字眼，還寫總覺得凝視著死去的你的另一個自己，不知要帶著你人生中惡與善的結晶前往何處……

我實在看不懂你的意思，於是試著在心中重新整理一遍。因此，我也必須提到過去從未提過的我和勝沼壯一郎的夫妻關係。

勝沼不喝酒，對高爾夫、網球等運動不感興趣，也不懂賭博、圍棋等樂趣，更別說莫札特的音樂對他而言就像是噪音，激不起任何感動。我想只有歷史學的艱深文獻才能讓他動心吧。勝沼在婚後第三年、清高出生一年後，由大學講師升等為副教授。

之前偶爾也有大學生來家裡玩；他成為副教授後，人數遽增。有男有女，幾乎都是他指導的學生。其中有位身材高瘦、給人冰冷感覺卻很美麗的女大學生，總是愛擺架子，愛炫耀自己的美貌，我對她不怎麼有好感。

有一天跟平常一樣，幾個大學生吵吵鬧鬧地來家裡玩。因為很熟了，他們自動從冰箱拿出啤酒、乳酪等食物圍在勝沼旁邊說笑。到了傍晚，學生對站在門口送行的我們夫婦道謝，那個女大學生看著勝沼微微一笑。她是趁我不注意時，用眼神說話。我也偷偷看著勝沼的反應，不禁嚇了一跳，他也用眼神向女大學生表達了些什麼。

我立刻明白兩人之間是什麼關係。我的預感還是很準的。之後過了二、三個月的某天，岡部祕書到和歌山釣魚，帶回來兩尾很大的鯛魚（岡部祕書愛釣魚，你應該也很清楚）。我們自己留了一尾，另一尾打算送給已是姻親的「莫札特」老闆。我拿塑膠袋包好魚準備出門。

平常我習慣穿過住宅區，在第二個十字路口右轉來到小河邊。那天看見一隻吐著舌頭的大野狗站在路上，我心生膽怯，決定繞路走那條很少走的陰暗路，竟然目擊勝沼和那名女大學生站在一戶人家的大門陰影處擁抱。我驚慌地又折回來，心驚膽戰走過野狗身邊，到了「莫札特」送上鯛魚後便回家了。

那一天勝沼很晚回家。雖然就在家附近，但我猜他們擁抱之後可能又往網球場那頭的海邊走去，或是進了車站後面的賓館吧？

但我一點也不覺得悲哀，心情也沒有動搖。勝沼一副沒發生什麼事的樣子回家後，我也表現得若無其事。

其實我心中覺得整件事十分愚蠢，他們的行徑多麼污穢。認定勝沼和女大學生的關係是那麼低俗骯髒的同時，我也醒覺原來對勝沼而言我其實不是那麼重要的存在。

我並非愛他才和他結婚的，婚後幾年來對他也不抱任何愛意。我告訴自己：算了吧，反正我還有清高，我還有這個生下來就背負不幸的心肝寶貝呀。光是這點我就覺得自己能夠活下去。

之後經過約七年，勝沼還是繼續跟那個已從大學畢業的女生在一起。我心知肚明，卻從來沒有開口點破，只是偶爾丈夫和那個狐狸精在陰暗路上相擁的畫面會突然閃過腦海——他們並非以人的形象，而是像污穢的布娃娃一樣在我心中消失。

有時勝沼在臥房裡向我求歡，我會說清高好像說了什麼我得去看看，或是說最近清高身體不舒服，我照顧得很累了。總之我會編許多藉口，就是不跟丈夫燕好。關於這件事情，我其實不想讓你知道太多。外人如果知道了，肯定很驚訝吧。自從那一天發現勝沼和女大學生擁抱以來，我們之間不再有夫妻關係。七年來，一次也沒有。

後來勝沼發覺我已知道、只是沒戳破他的謊言，我也知道他發現了，但我們之間還是表現得若無其事，共同生活。

「業」這個東西，我好像有些明白了。我並非只當作簡單的文字來看，而是覺得那是一種嚴格的法則。不管我和誰結婚，我的業就是會有其他女人搶了丈夫。我不得不認為，就算跟勝沼離婚，和別人結婚也會發生同樣的事。你用了業一字，說你和糾纏你生命本身的惡與善的結晶似乎有某種關聯。讀到那段文字時，我心想：我失去了你，現在勝沼又變心找其他女人，這些或許就是我的業吧。

或許這是我的自以為是。在我隨意評論「業」之前，我恐怕應該先評量一下自己作為女人的成績。身為女人、妻子，我一定是有什麼不足的地方吧？不夠性感，還是不夠真誠呢？你知道原因嗎？請對我直說，不必客氣。

父親好像回來了，這一次住在東京很久。他應該累了吧。

父親早在幾年前也發覺勝沼有女人的事，不是我跟他說的。父親很會看人，我下次再寫信告訴你。

對了，我差點忘記，你喝醉時對令子口吐的惡言真是令人懷念。談戀愛的時候，我們常常為了小事吵架，你每次都對我說「我討厭你」，可是我很自戀，總是認為「哼，其實是愛我愛得不得了」，反而故意擺出跟你嘔氣的態度。原來令子也是會讓你說出「我討厭你」這句話的人呀。

勝沼亞紀　謹上

八月十八日

致　勝沼亞紀女士

前略

首先，先回答你的疑問。我所知道的你，是個很有魅力的女性。不論是談戀愛的時候還是結為夫妻以後，你的魅力未曾稍減。在床上你固然不會有娼婦般的舉止，但十分可愛；偶爾也會努力表現得大膽，忍著羞恥配合我的無理要求。所以你是能完全取悅我的女性，如果更加性感的話，身為丈夫的我恐怕就要擔心了。

另外你也是很真誠的人。如今回想起來，這些都不是客套，而是我的真心話。雖然你也有大小姐驕蠻任性的一面，時而讓我很想教訓你一下，但只要輕言細語撫摸你的頭，自然就被我收服了。你的任性其實也是你的魅力之一。

這些都是我所知道的你，至於你現在的丈夫怎麼想，不關我的事。男人出軌根本是沒藥醫的本能，男性天生就是如此。或許女性會憤慨抗議「這算什麼說法」，可是事實就是如此，沒辦法就是沒辦法。儘管有漂亮的愛妻，男人只要一有機會或是水到渠成，就會跟其他女人睡覺，然而此舉卻不影響對妻子的愛情。

不對，我也不能如此斷言。我要修正剛剛那句話。也有男人耽於外遇而放棄了家庭，不過很多男人的外遇是屬於我前面說的那種程度。再繼續寫下去，聽起來就像為自己辯護一樣，我還是就此打住吧。

由於我太久沒這麼認真工作，著實累壞了；但感覺還算不錯。

那兩天我幾乎熬夜編輯宣傳刊物。不熬夜根本趕不出來。宣傳刊物決定命名為「Beauty Club」。與其說是決定，其實我連沉澱思考的時間都沒有。你一定覺得這是個沒新意的名字吧。但實在想不出其他更好的，若不先定下名稱，後續工作就會延宕。

第二頁的部分，我根據令子做的樣本安排正確洗頭方式的專題。第三頁則是從《家庭實用指壓祕訣》一書中挑選幾種指壓方法，改寫後放上去。若是直接引用轉載，就等於盜用他人的文章。

第四頁就很傷腦筋了，完全想不到要放什麼，乾脆將《有趣的雜學百科》的世界奇聞怪談隨便編了幾則，又從新買來的謎語、拼圖挑出幾則充數。完稿之後，我還得到印刷廠交代細節，商量如何排版。

令子不知從哪裡借來一輛小汽車。我雖然有駕照，但五年沒開過車了。令子拿出大阪地圖和先請印刷廠老闆印出來的五、六份刊物樣本，下令：「出發。這一次只印兩萬份，是勉强向印刷廠老闆拜託來的，所以一份成本要十塊錢。十八家美容院給的訂金根本就當作是丟進了水裡，所以在月底的出貨日之前必須多找幾家店跟我們簽約才行。」

那一天我們以生野區為中心環繞，一看見美容院，令子就要我停車，自己走進去。纏了一小時之久，我心想應該成功了，令子卻邊走出來邊說「不行呀」。下一間美容院則是不到兩分鐘就被趕了出來。就這樣跑了五家美容院，沒有一家肯簽約。

天氣十分炎熱，借來的破車冷氣幾乎沒什麼用，我一身汗靠在熱氣滾滾的駕駛座上說：「饒了我吧。」

「人家今天至少要簽到一個契約才肯回去！」令子說話的態度堅決。

在餐廳用完午餐，令子又將車鑰匙塞到我手中，站起來說：「出發！」我抗議：「再讓我休息一下嘛。剛吃過飯就開車，對胃不好呀。」

「好吧，讓你喝杯冰咖啡。」令子走到餐廳隔壁的咖啡廳坐下，咖啡還沒送上來之前便催我趕緊喝完。我故意放慢速度喝咖啡，令子又睜著一對圓滾的眼睛看著我的胸口，語氣哀怨地低喃：「你就是這麼壞心，人家這麼努力打拚，你一點都不幫人家想。」

「什麼叫做不幫你想。我一連熬夜兩天編輯刊物，還親自出面跟印刷廠的老闆說明版面。還有今天，幫你開著這輛不知從哪裡借來、只冒煙沒辦法加快速度的老爺車，跑在蒸籠般熱的大街上。讓你使喚自如的人是我呀，我可是忍著一句怨言都不敢發。」

聽我這麼一反擊，令子哀傷的神情有了變化，黑色的大眼珠動了一下，皺起圓滾滾的鼻頭笑了（就是因為她的肉鼻子讓她離美女的稱號還差得遠，但也是這樣才顯得無邪可愛）。

「有什麼好笑嗎？」

「就是為了今天，我才養你一年。」她兩手遮住嘴巴，更加笑個不停。

一開始我有些生氣，漸漸地自己也覺得好笑起來，心想我被耍了。於是我問：「真的是為了這樣，從一年前開始跟我同居嗎？」

令子停住笑：「當然是開玩笑嘛。人家只是在想自己的錢該做什麼生意才好，想著想著就過了好幾年，到了二十七歲也沒結婚。和你一起生活後，每天看著你無所事事，我心想這下真的該做些什麼才行了。有沒有什麼生意用四百二十萬去做就能讓我們過活呢？有沒有什麼生意能讓你興致盎然地投入呢？」令子以她一貫的溫柔語氣說到這裡，不知道為什麼有點猶豫地停了下來。不久她又開口問：「你脖子和胸口的傷痕是怎麼來的？」

我默不作聲。她看著始終沉默的我說：「我就知道你是不會告訴人家的。」然後起身付帳，站在門口等我。

我們坐上車來到擁擠的國道時，發現那裡離以前住的地方很近。住在生野區的伯父收養我以後，讓我讀完國中、高中，甚至大學。

可是伯父在三年前過世了，現在年邁的伯母和比我大三歲、在銀行上班的親生兒子、媳婦及三個孫子過著安詳的生活。對於我和你的離婚，最傷心的人就是伯母。我雖然不是她親生的，但她待我跟她親生兒子沒什麼兩樣。想到她就在這附近，內心湧起莫名的溫熱。

我接連在幾家公司工作不順利，後來又接連投資幾項生意失敗，伯母背地裡借給我六十萬圓周轉。這筆錢欠了兩年，我不僅沒露面，連電話也沒打過。對伯母而言，那六十萬是她的養老金，而我拿了六十萬就音訊杳然。

我告訴令子以前我就住在這附近，這是我第一次對令子提起自己的過去。說著說著突然想起高中同班女同學繼承家業開美容院的事。如果我去拜託她，她應該會訂閱刊物吧。可是只要我一出面，這件事說不定會傳到伯母耳裡。那家美容院離伯母家走路約十分鐘，都在同一個區域。

話又說回來，只要跟一家簽約，就能從堅持不回去的令子手中解放；同時我多少也有想讓汗水淋漓、到處去向美容院低頭拜託的令子高興的念頭。

我經過自己畢業的高中母校前面，在商店街前停車，從令子手上取過裝有樣本刊物、訂閱單、急就章做出來的簡介等資料的紙袋。「這附近有我以前同學開的美容院，不知道人家訂不訂，我去試試看。」

一個大男人實在不好意思進去美容院。我從窗外窺探，變成歐巴桑模樣的同學就站在店門口附近忙碌地指示員工做事。我在那家大型美容院前走過來走過去，猶豫著該不該進去，最後還是鼓不起勇氣，準備轉身回到車上。

「有馬！」突然間有人叫我。我回過頭一看，美容院老闆娘從玻璃門探出身子看著我。「果然是有馬，我看你在店門口走來走去，有什麼事嗎？」我說：「是想來拜託一些事，但是美容院我又不方便進去。」我和對方上次見面，是在與你結婚那年的年底、我去參加同學會那天的事。對方一看見我的臉就懷念地表示：「我一眼就認出你來了。進來坐坐，有什麼事要拜託我呢？」

我走進店裡，坐在客用沙發椅上，拿出樣本刊物和簡介。我騙對方說從三年前便開始從事這項業務，怕說是最近才起頭，對方會擔心商品的品質。

她花了很長的時間仔細翻閱，問道：「確實能遵守一個地區只簽約一家的規定嗎？」我攤開地圖向她說明：「貴店的範圍大概是這裡到那裡，只要你們簽約了，我們就不會跟這範圍內別的美容院簽約。」

「一份二十塊錢呀……」她自言自語思索。我趕緊指著門口的費用表說：「技術和對顧客的服務，每家美容院都很努力改進。如果自己的店裡加上一份這樣的宣傳刊物送給客戶，客人肯定能明確感受到這家店的服務比其他店更加努力。對於付五千圓、六千圓做頭髮的客戶，只是回饋二十圓就有這種效果，算是很便宜不是嗎？封面的方框裡還會印刷貴店的名字、經營者的大名，客人不會覺得收到的是一份現有的刊物，反而會認真閱讀。所以我們公司才嚴格規定一個區域只跟一家美容院簽約。關西地區已經有一百二十家店連續跟我們訂閱兩年了。」我天花亂墜地誇大其詞。

「每個月用什麼方式將宣傳刊物送到我們店來呢？」一想到郵寄的話，除了四千圓還需要郵資吧，我竟不知道該如何回答。假如郵資包含在裡面，賺頭就會減少；郵資讓對方負擔的話，收費增加可能就不想訂閱了。關於這一點，令子並沒有跟我說清楚。

一時之間，我只好說：「每個月底我會開車送來，我們的規定是一手交商品，一手收訂閱費用。」

「這樣的話，那我就簽約吧。」她很快便在訂閱單上填上住址、電話號碼並且簽名蓋章。「我們店兩百份根本不夠，需要六百份。但是剛開始先試試看，就先簽約四百份好了。」我馬上說：「如果覺得沒有效果，隨時可以停掉，這是店家的自由。但如果長期訂閱，最後會變成該店的招牌服務，所以目前至少有一百二十家店已經訂閱了兩年。」我半吹噓地說明。

談完公事後，員工送上來冰涼的果汁，我們懷念地聊起A班的誰目前在哪個警察局當刑警，B班的誰已經結婚生小孩了，隔年卻因為乳癌去世……對方不斷聊著，不肯讓我離去。我很想早點回去通知令子，一顆心哪肯留在這裡，可是對方一口氣訂了四百份，如果受到好評還會追加到六百份，我總不能拍拍屁股說聲再見就走人，結果聽她說了將近一個鐘頭的話。

我穿過商店街回到車上，令子一臉擔心等著我回來。我沉默地將訂閱單拿到她眼前。

「四百份？」她低喃了一下，把訂閱單緊緊抱在懷裡。「這下你可以饒了我吧。」我把老爺車再度開上國道。

令子眼神明亮地不停問我是怎麼說服客戶的？我將自己說的、同學說的，一五一十告訴了她。「你果然厲害，人家畢竟是個女人，腦筋轉不過來。」看見令子這麼感動，我趕緊叮嚀：「僅此一次，下不為例。我是因為想早點回去休息才親自去簽約，以後可沒我的事了。」

「可是月底你會幫我送貨吧？」她的口氣說得想當然耳，看來她想用開車送貨的方式將刊物送到各個美容院。「我去郵局問過了，兩百份宣傳刊物要郵資三百圓。我沒跟之前訂閱的美容院提過要加收三百圓郵資。三百圓雖然不多，可是對付錢的人來說就是不一樣，所以開車送倒也不錯。雖然油錢也是筆花費，但是能給客戶好印象。你的頭腦果然比較好。」我完全落入令子的掌控之中。

從那一天起我就開車載著令子到處拓展業務。兩萬份宣傳刊物印出來了，接著是下一個步驟，也就是在封面方框空白處印上各家美容院的店名與電話號碼。印刷的前一天，令子又取得七家美容院的契約，數量增加到了二十六家。儘管收支仍是赤字，令子還是欣喜無比。雖然只有二十六家，範圍卻分散在京都到神戶之間，送貨到晚上八點才結束。

令子在住家附近的餐廳點了啤酒和牛排給我吃。果真是她在養我，一如犒賞小孩子吃糖果一樣。令子很興奮，我卻筋疲力盡地回到住處。

之後三天我什麼都不做地窩在房間裡，第四天晚上和令子一起去澡堂。我們住的公寓很舊，房間裡面沒有浴室。

從澡堂出來，我們在咖啡廳喝了冰涼飲料才回家。公寓前停了一輛白色自用車，駕駛座上的年輕男人始終盯著我看。一和我四目相對，對方便趕緊若無其事移開視線。他迴避視線的方法和長相讓我感覺不太對勁。我故意裝作不知道，打開公寓大門，走上樓梯，一種不好的預感襲上心頭。另外一個男人站在我們房間門口，身上穿著紅色圓點外套，看起來不像生活在正常世界的人。

一瞬間我想起來了。之前的事業失敗、終於搞到破產時，我盡可能善後，免得日後發生糾紛。儘管盡了全力，卻還是有一張空頭支票不知流向何處。那是一張票面金額九十八萬六千圓的三個月本票。我試圖回收但始終找不到。一看見站在門口的男人，我就知道是那張票子的事。

男人問我：「是有馬先生嗎？」我答道：「是的。」男人用他獨特的職業說話方式問道：「咱們有話談，可以借一步到裡面說話嗎？」我拒絕說：「這裡不是我住的地方，是這個女人的房子。要說話我們去別的地方。」男人語氣平靜地表示：「要在外面說話也可以，如果你不怕吵到附近鄰居的話。」他直接以鞋子踢門並罵道：「天氣這麼熱，我可是在這裡等了兩個鐘頭，而且我還不敢大聲說話。」

我要令子一個人到外面走走，一小時後再回來。男人卻瞪著我的臉，語氣強硬地說：「大嫂也一起留下來。」對於討債人的手法，我再清楚不過，便讓男人進屋裡。

男人脫掉外套，坐在榻榻米上盤起腿，從黑色西裝口袋掏出一張紙放在我面前。就是蓋了我的印鑑的九十八萬六千圓空頭支票。

「我先聲明，這一位不是我老婆，我們之間沒有任何關係。」對方脫下黑色西裝外套說道：「是嗎？你們不是住在一起嗎？」男人的西裝外套裡面是紫色透明、看見得肌膚的短袖薄襯衫，前面的釦子開到胸口以下，故意露出汗水淋漓的胸毛和背後的刺青。我心想對方不是什麼狠角色，不過是個小嘍囉。但是看時間和場合，小嘍囉有時也是很可怕的。

令子一看見男人的刺青，臉色便嚇得發青。「還記得這張票子吧？我們也是做生意到處收帳，結果客戶硬是給了這張票子。照理說該請對方給錢才是，偏偏那男人死了，剩下都是不值錢的東西。所以只好找上面蓋章的有馬先生要錢囉。我可是花了半年尋找你的下落。」聽起來就像討債人的說詞，我沒有必要跟這傢伙講道理，於是只回一句：「我沒有錢。」

「沒錢……你以為一句話就想吃遍天下呀！」

「沒錢就是沒錢呀。」

「要命還是要錢，你最好想清楚點。光你一條命是不夠賠的。」男人坐著不動，眼光看了坐在我身邊的令子一眼。令子嚇得直發抖。

「那你去告我。」

「讓你去坐牢，我一毛錢也拿不到。你應該也知道我是幹什麼的吧，那些要我告他們、找警察抓他們的傢伙，已經有五、六個人沉屍在淀川底下了。」

看見令子抖個不停，我只好說：「那沒辦法，你乾脆拿我的命去抵吧。」反正我已經一無所有，早已看破人生，死了也不足惜。男人一聽，臉上失去了血色。令子卻站了起來，從衣櫥裡面拿出裝有上個月滿期、領回少許利息的一百萬定存的現金袋，放在男人面前。我在男人還沒拿起紙袋前，趕緊將紙袋丟回令子的膝蓋說：「這是你的錢，你沒有必要這麼做。」

「算了，今天你們還有時間考慮。誰還都一樣，錢就是錢。我還會再來，明天再來問你們要錢還是要命！」男人站起來丟下一句話便離開了。

我對令子說：「你不必擔心。我明天就離開這裡，再也不回來了。我不能讓他們跟不是我老婆的女人拿錢，就算是幾塊錢也不行。如果明天他們又來跟你囉嗦，你就去報警。他們這種人最怕的就是對方看破一切和惹上警察。你別看他們嘴上那麼說，其實不太使用暴力的，只是逼得人精神崩潰。有時會在半夜四點上門，有時一整個月每天都來，然後突然又不來；等人鬆懈了，又接二連三上門，這就是他們的伎倆。我離開之後，他們可能還會煩你，但不會對你下手。」

雖然這麼安慰令子，我還是有些不安。對方是小嘍囉才令人不安。我擔心對方一旦知道令子手上有錢，就算是我不見了，他們還是會威脅令子。我已經不想再東躲西藏，決定還是得自己出面去找他們。令子省吃儉用，想要的東西都捨不得買，十年來站在超市收銀臺前辛苦攢來的寶貴儲蓄怎麼能浪費在我這種人身上。

我的窮途末路，也是時候到了。不管是你還是由加子、令子，跟我有關係的女人總是倒楣。我有種萬念俱灰的感覺。我還記得決定和你離婚時，我的心情是海闊天空般輕鬆；但現在不一樣，我感覺心中是一大片空白。

「人家願意付錢。一百萬，沒什麼大不了的。」令子哭著這麼說。我拜託她：「你不要多事，已經無所謂了。我就是運氣不好，和我這種男人在一起只會拖累你。」說完我鋪好棉被、關上房間的燈，便躺下來睡了。這時我才發覺，剛剛對那個討債人說的話或許是真心的。我想起自己說「你乾脆拿我的命去抵吧」時，內心其實很緊張，卻又十分空虛。死了也好，我閉上眼睛再一次在心中低喃。

那一晚我夢見了你，很短的一個夢，卻留在心中不曾散去。你穿越獨鈷沼澤的叢林往山路走去，不管我在後面怎麼追趕就是趕不上你。你笑著揮手說：趕快跟上來呀！我手上牽著一個面貌跟你很像的小女孩，大約才四、五歲。幾乎只是一瞬間，那個夢如此簡短。

第二天早上，我十點鐘左右收好自己的東西放進旅行包，離開了公寓。令子沒阻止我，只是坐在廚房的餐桌前背對著我。我出門的時候，她也沒回頭看一眼。

離開令子後，我不知道該往哪裡去。總不能去生野區伯母家裡吧。畢竟我向她借的六十萬還沒還，哪敢厚顏無恥出現在她面前。我想起高中時的朋友大熊，他沒結婚，一直留在京都的大學醫學院裡研究癌症。以前我和女人分手後曾經住在他那裡兩週，為了躲避討債人的糾纏也曾經躲在他的公寓裡。

我利用公共電話打到大學找大熊。我拜託他說又要麻煩他一陣子了，大熊回答：「怎麼，又被女人趕出來了嗎？」他要我六點鐘在京都國立美術館前等著，說完便掛上電話。見面的時候他總是帶著我一間喝過一間酒館，不讓我回家，在電話中卻像變個人似地很快結束話題。

我決定先到梅田看看，途中經過一個平交道，正好放下柵欄。我站在柵欄前面，整個人曝曬在炎熱的陽光底下。看見逐漸靠近的電車駛來，我心想：電車來了，開過來了，馬上就要以極快的速度通過我的面前。我不知道自己為什麼這麼想，就在這麼想的同時，心臟强力地快速跳動，感覺體內的血液「唰」地一聲向下直衝腳底。

電車十分靠近我了，我咬著牙齒、緊緊閉上眼睛。電車通過後，柵欄升了上去，汽車和人群開始移動，我這才發現自己出於下意識地緊緊抓著旁邊的自行車置物籃。逐漸靠近的電車駛入我視線的那一瞬間起、車身整個通過之前，我感覺身體裡面好像有什麼東西互相糾纏爭鬥一般。

我攔下計程車，說要去梅田。車裡的冷氣强到令人發冷，我卻全身直冒汗。自從發生那件事，十年以來不管再怎麼失意、遇上什麼挫折，我從來沒有尋死的念頭。可是那個討債的小流氓出現了，拿出我開的空頭支票，說些不怎麼嚇人的威脅，我看見令子顫抖不止。不是失意或挫折，卻讓我有種陷入更深更暗的洞穴中的感覺。

我心想：我已經無所謂了，就算死了也不足惜。我活著還有什麼意義呢？值得浪費一大筆讓令子難過的錢，好讓我的人生重新來過嗎？

我在梅田改搭阪急電車，在河原町下車後，走進人群。我看見由加子以前工作的百貨公司，我走進電影院。那是一部裸身美女和身經百戰也不會死的間諜，時而纏綿在一起、時而遭敵人追殺的熱鬧外國電影。

走出電影院已經是四點過後，距離和大熊約好的時間還有兩個鐘頭。從這裡走到那裡有一段距離，我想不出打發時間的方法，決定慢慢散步前往國立美術館。帶著紅色光輝的太陽光還有點熱，路上我走進一家咖啡廳。

閉上眼睛想靠在椅背休息一下，沒想到竟睡著了。猛然睜開眼睛一看時間，居然睡了將近兩小時，趕緊離開咖啡廳快速前往美術館。大熊已經站在美術館前鋪著碎石子的大門口，他抱怨說：「我五點半就來了，你讓我等了一個鐘頭。」我們就近光顧大熊偶爾去的小吃店。

大熊說：「今天領薪水，我請客。反正你大概也沒有錢吧。」我們點了大杯生啤酒和幾種魚類料理。我穿著馬球衫和西裝外套出門，在計程車中脫下外套便拿在手上。小吃店的老闆娘說要幫我掛在衣架上，我將上衣交給她，看見內袋露出信封一角。我納悶地看了看，信封裡裝有十張萬圓大鈔，是令子偷偷放進去的。

我將裝著錢的信封塞進褲子口袋，扣上釦子免得遺失。一喝起酒來，大熊就像往常一樣又說個不停。說什麼哪個相撲選手肯定下次大賽會成為大關啦、哪個高中的捕手明年將進入某個球隊，據說簽約金一億圓等八卦消息，或是指頭蘸著啤酒在櫃臺上寫些我看不懂的公式、化學符號，聊起他的專業。

「癌症呀……其實就是自己。我認為癌症不是外在的侵入，而是從自己肉體衍生出來的東西。雖然是異物，卻不是來自他處，而是我們自己本來就有的東西變成了一種放出毒素的細胞，繼續繁殖。」大熊相當醉了。「要殺死癌細胞，最快的方法就是殺死自己。」他摸著自己的鬍碴，站起來，對老闆娘喊說要買單。

接下來我們又去了三間酒館，進入第三家店時，大熊的腳步蹣跚，幾乎沒辦法好好走路。我卻毫無一點醉意。看了一下手錶，時間是九點，該回去了。那個背後都是刺青的討債男子或許已經去了令子的住處。想到他可能已經進入屋裡，正在威脅令子，我就坐立難安。

幾度猶豫之後，我走到酒吧櫃臺後面的紅色電話機前，撥打令子房間的電話號碼。之前她的房間沒有電話，必須打給管理員叫她出來接。開始做生意後，令子覺得必須有電話才行，就在一週前向電信局申請了電話裝在房間裡。

話筒裡傳來令子的聲音，她一知道是我，在我還沒開口之前就說：「你回來吧。那個男人八點左右來過了，我付了九十八萬六千圓，拿回你開的那張票子。一切都結束了，你快回來吧。」說到最後聲淚俱下。一聽我說人在京都，這下子她真的哭叫起來：「你不回來，我生意怎麼做？下一期宣傳刊物得開始編了，外務也要跑。要是沒有你，一開始我也不會做這門生意。都是為了你，人家才花腦筋想到這個。區區一百萬，這筆生意馬上就能賺回來。如果你一定要提出分手，那就做完九十八萬六千圓的工作再說。不然你就是强盜土匪！」

「謝謝，等我信封裡的十萬圓用光了，或許就會回去。」

「那就好好用吧，最好今晚用完就回來。」說完後電話那頭一片沉默，她屏著氣正在等我的回音，我有這種感覺。

「明天中午之後就回去。」

我掛上電話，突然間懷疑會不會是令子跟那個討債的男人串通好。為了留住我，令子很有可能耍這個計策，但最後我也懶得懷疑。大熊醉趴在桌子上一個人念念有詞。我拍拍大熊的背大聲說：「我要回去了。」

「要回去就回去，我管你回去哪裡！」大熊口齒不清地不知對著誰怒吼。

我走出酒吧招了一輛計程車，說要去嵐山的「清乃家」旅館。

想到明天起又要被令子那女人使喚，我就覺得莫名。直到如今我仍然不是真心想做令子想到的生意，只是她幫我從討債男人手上取回空頭支票，我的確應該幫她做完九十八萬六千圓的工作。但是話又說回來，令子還真是個厲害的女人。「我就是為了今天才養了你一年。」我想起令子說這話時的笑容。她之後說是開玩笑的，但我總覺得不是開玩笑，根本就是她的真心話。我突然覺得好笑起來。

司機問：「有什麼好事嗎？」

「我被女人騙了，而且騙得很慘。」

「女人是妖怪呀。」計程車司機從照後鏡裡看著我笑。

到達嵐山「清乃家」。「我想住二樓的桔梗房，現在空著嗎？以前住過很喜歡，想再住那個房間。」貌似領班的男人一臉困惑地問：「客人是一位嗎？」因為那是個供男女客合宿的房間。「之前我和女朋友一起住過，今天只有一個人。我願意付兩人的費用。」老闆一聽便馬上出來，看著我的臉說「歡迎光臨，請進」，立刻命令領班帶我去桔梗房。

我還記得老闆，但他好像忘記我了。一進入房間我就嚇了一跳，跟十年前完全一樣。就連裝飾在壁龕的山水畫軸、放在畫前的青瓷香爐、紙門圖案，都是十年前的樣子，沒有更換。

女服務生端茶進來時，我更是大吃一驚，十年前也是這個名叫絹子的女服務生送茶水來這個房間。當年她看起來年過四十，經過十年卻一點也不顯老，讓我覺得有些可怕。

我盡可能不讓對方看見我的臉，因為十年前我每次住進這房間都會多給絹子小費，我想對方應該記得我。「要用餐嗎？」對方問。「不用了，只要拿啤酒來就好。」

「冰箱有啤酒，隨便客人取用，只要退房的時候一起結帳就行了。」這一點倒是跟十年前不一樣。我和由加子使用這房間時，房裡還沒有冰箱。我拿出兩張千圓鈔票塞給女服務生說：「明天早上八點鐘幫我送早餐過來。」女服務生沉默地點點頭便離開了。

我進到房門旁的浴室，打開熱水，換上浴衣，等待浴缸的熱水放滿。面對庭院的窗戶開著，涼風伴隨樹葉婆娑的摩擦聲吹進房間裡。我聽見熱水流進浴缸的聲音，回想起自己十年前也是站在這窗戶邊看著庭院，聽熱水流進浴缸的聲音，等待由加子到來。由加子有時候失魂落魄、有時候眼神發亮、有時候雙手按著興奮脹紅的臉頰，悄悄地拉開紙門進來。

有時候由加子喝得爛醉，也有身上不帶一絲酒氣的日子。我想著由加子的身影，果真有種她即將到來的幻覺。我想起令子祖母說的「或許真的能在今生重逢」，覺得頗有真實感。

可是如果真的相信令子祖母的說法，那由加子就不可能再投胎轉世為人了。然而我依然感覺到由加子進房間裡來。

熱水放滿後，我開始洗澡。「不好意思，打擾了。」是絹子的聲音。過了一會兒，她又說聲「我放好蚊香了」便離去。我很仔細地洗了頭髮、身體。一根一根腳趾頭都用香皂洗過，花了很長的時間洗遍全身。出浴缸後，我邊擦乾邊看著鏡中自己的上半身。脖子和胸口的傷痕看起來只像浮腫的搔痕，必須靠近鏡子觀察才能發現許多針縫過的痕跡。

我回憶起被由加子殺傷、根本不知發生什麼狀況地站在被窩上時，卻能感覺許多血從脖子和胸口向下氾流。穿上浴衣，再度坐在面對庭院的沙發上，我打開啤酒瓶為自己倒酒。應該是絹子幫我鋪好了棉被，一人份的鬆軟墊被和夏天用的薄被置放在房間正中央，蚊香的白煙裊裊浮動在被窩上方。

我邊抽菸邊撫摸自己脖子的傷痕。十年前的晚上，在「清乃家」的一個房間裡開始了什麼事。我逐漸明白了那是什麼；不是我和你的分手，也不是我的人生開始走下坡，而是有更大的什麼事情開始了。瀕死的我當時看見的是什麼東西？我在給你的信中寫著那是我的生命本身。可是生命的本身又是什麼東西呢？在瀕死的我的內心裡，為什麼過去我所經歷的情景像影片一樣鮮明地播放出來呢？為什麼產生這種現象呢？

我豎起耳朵傾聽；和十年前一樣，我在這個房間豎起耳朵等待由加子從走廊那頭過來的跫音。就這樣我迎著涼風，邊抽菸邊喝酒，過了好幾個鐘頭。看了一下手錶，時間過了三點。我關掉房間的燈光，但是因為太暗，我又打開壁龕的小日光燈。呼叫櫃臺的綠色電話機就擺在壁龕角落。因為由加子倒在上面死去，我才能保住一命。

瀕死的由加子又看見了過去什麼樣的影像呢？她又變成了怎樣的生命來注視死去的自己呢？我不認為那個奇異的經驗只是偶發在我身上的現象而已，我覺得由加子肯定也有同樣的經歷。我認為每一個人迎接死亡的時候都會看見自己的行為，每個人都會承續生前的苦惱與安穩，變成永不消失的生命，融入宇宙無邊無際的空間裡，那應該是一個沒有開始也沒有結束的時空吧。

我看著亮著蒼白燈光的壁龕，腦海中浮現由加子穿著浴衣、趴著死去的樣子，沉浸在想像與現實不分的思維中。沒有人能確定那就是想像，也沒有人能讓我們看清那就是現實；但是我們只要一死就能分辨。人生肯定隱藏了許多死後才能理解的事實呀。

整個晚上我沒有闔眼，直到黎明。大約六點左右蟬聲開始唧鳴，夏日的陽光穿透樹葉呈現微妙濃淡差異的綠色。

八點鐘，絹子送來早餐，看見榻榻米上的被子，不禁納悶詢問：「客人昨晚沒休息嗎？」我回答：「因為吹著涼風太舒服，不知不覺坐在沙發上睡著了。」

絹子把被子收進櫥子裡，將早餐布置在茶几上。我洗完臉坐在桌前，絹子才為我盛飯。沉默了一陣子後，她說：「每年到了那一天，我都會在壁龕裡插些花。」

我心想：原來她還是記得的。「絹子完全沒變老呀。」聽我這麼一說，她也笑著回答：「有馬先生也沒變。」

「不，我變了。」她沒有回應我的話，卻說：「昨晚送茶進來，我立刻就認出是有馬先生。長年從事這個工作，多少懂得判斷客人是什麼樣的人。尤其是男女客人一起住宿的時候，儘管再怎麼裝出夫婦的模樣也騙不了我們的眼睛。兩人的關係一眼就看得出來，而且幾乎是八九不離十。

「那年在這個房間過世的客人是從事服務業的，而且是高級俱樂部的小姐。男性給人感覺是大公司的職員，還是十分能幹的人才。而且男性並非單身，看得出是有家室的人。」

絹子坐在吃早餐的我的斜對面，隨時幫我倒茶添飯，嘴裡悠悠訴說往事。

「那一天我休假，隔天中午上班才聽說您和那位小姐的事。警方進進出出好幾次，老闆則是對店裡出了不吉利的事十分不快，說會影響客人上門。我聽了這消息，與其說是震驚，應該說是難過。那位小姐像是盛開的花朵般長得十分漂亮。

「我是幾個月後才聽別人說起您活下來了。我不知道為什麼忘不了兩位，雖然兩位只是這間旅館的過客，特別是那位過世的小姐。她的美貌連身為女人的我都看呆了。所以每年到了那一天我會自己買花，背著老闆在壁龕裡供花。做這行總是會遇見形形色色的客人呀……」

用完早餐後，我請她幫我叫計程車。本來說好要付雙人住宿費，但是收據上面只有一個人的費用。我搭計程車到阪急電車的桂車站，轉車前往梅田，直接回到令子住的公寓去。

從明天起又要編輯下一期宣傳刊物了。編完之後還得開車載令子拓展業務。對了，令子辭去做了十年的超市工作。看起來還是一副很順從我的樣子，實際上卻經常在後面催促我、指使我做許多事。

不過這些都是閒聊，其實有件事我一定要告訴你，我盡可能說得簡短些。你曾經說過「父親很會看人」。實際上星島照孝先生看人的眼光十分厲害，我有很深的感觸。他白手起家創立了星島建設，工作起來跟魔鬼一樣，即便在家裡也給人難以親近的威嚴感和莫名的冰冷態度，在公司裡更是所有員工畏懼的總經理。可是我對星島照孝先生卻有一個難忘的記憶。

有一天我被叫到總經理室，心想又要因為什麼事挨罵，忐忑不安地敲門進去。結果他沒坐在自己的位置上，而是坐在長沙發上，一臉認真地折紙飛機，在房裡丟著玩。一看見我，他將紙飛機朝我的方向射了過來，招手要我到他身邊，小聲說：「有件事跟你商量，你不可以跟別人說。也不准跟亞紀透露。」我心想什麼事這麼神祕呢？「我有個喜歡的女人。我們之間快要搭上了，就是這個狀態。」他眼光飄渺地低喃說。

我吃驚地詢問是什麼樣的女人，他說出了公司常光臨、位在南區的高級餐廳名稱。「是藝伎嗎？還是餐廳的老闆娘？」我探身詢問。他瞪著我說：「都不是。餐廳的老闆娘都已經七十一歲了，你是白痴呀。」他告訴我一個名字。

原來是餐廳老闆娘的小女兒，兩年前丈夫過世之後便回到娘家幫忙，常常代替老闆娘來招待客人。我見過幾次面，印象中是個三十二、三歲，適合和服打扮的女人，鼻梁修長高挺，臉頰豐滿，眼睛細長，很有氣質。

「快搭上了，表示你們還沒有囉？」你父親一副可怕的神情回答：「那只是時間早晚的問題。」然後又表情哀傷地表示：「我六十了，對方三十二歲，你覺得怎麼樣？」

「對方是寡婦，總經理夫人過世也七年了，兩人之間並沒有什麼不妥呀。」

這時你父親不斷抽菸，然後悠悠說了一句：「不管是工作還是跟外人見面，總覺得女人的臉在眼前飛繞，沒辦法定下心來做事。」

我笑說：「您愛上她了。」他有氣無力地反問說：「我愛上她了嗎？」我其實不相信星島照孝先生和兩年前死了丈夫、正值盛年的餐廳老闆娘女兒已經「快要搭上了」。

「喂，我是找你來商量，你覺得我該怎麼辦才好？」他這麼一問，我便竊笑回答：「總經理會變得年輕的。」

大概三週後吧，我又被叫到總經理室。這一次總經理撐著臉頰坐在專用的大辦公桌前等我進去。「是談公事還是那件事呢？」我試著問。「是那件事。」他表示那是個「說者掉淚、聽者也掉淚的故事」。「我和女人終於進了旅館。說是進了旅館，其實是形勢上不得不去。我十分緊張，女人倒是早有心理準備的樣子。我以為自己還有辦法搞定一、兩個女人，沒想到一旦抱著裸體的女人卻不是那個樣子。愈是緊張就愈沒有辦法。你能想像我那時多難堪吧，我是真的很難過。」

「一定是緊張的關係，尤其真心愛著對方更容易出這種狀況。下次一定沒問題的。」我忍住笑，安慰並鼓勵他。「嗯，我的確是太緊張了。」他抬起眼睛看著我，無精打采地表示。過了一會兒他又恢復總經理的表情命令我說：「這件事我只跟你一個人說過，你千萬不能對亞紀透露！」

我不知道星島照孝先生和那名女性之後的發展如何。他只是告訴過我他們之間的一小段而已。我想，關於他跟那名女性之間的諸多回憶，他一定深深埋在心裡，不願告訴他人。而且根據我單純的直覺，星島照孝先生肯定沒有再度跟那名女性試過。當他低喃「嗯，我的確是太緊張了」，他的表情就像是犯了大錯的少年一樣。那是我第一次接觸到星島先生的另一面。

直到如今我依然覺得星島先生是個親切、令人懷念的人，而且是個偉大的企業家。這是一件被要求絕對不能對亞紀說的陳年往事。

有馬靖明　草字

九月十日

致　有馬靖明先生

前略

今天下午，我坐在「莫札特」窗邊的位置展讀你的長信。

讀完信回到家，清高拿著正在學習的平假名練習簿跑來身邊告訴我：「好不容易從『a』行學到了『ha』行，今天開始學習『ma』行，練習了『mi』開頭的字。」

四方塊的練習簿裡寫著好多個「mizu（水）」。字體歪斜抖動，有些還超出了框外，但都能辨認清楚。下一頁寫的是「michi（路）」。我稱讚清高寫得很好，幫他把附著在眼眶周圍的水彩顏料擦拭乾淨。這時清高說還有一個字，同時翻開練習簿的下一頁。上面並列許多個「mirai（未來）」。

我問：「『ra』還沒教，為什麼老師要你們寫『mirai』呢？」清高說不知道。「那你為什麼會寫『ra』字呢？」清高回答：「老師什麼也沒說就在黑板上寫了『mirai』，好幾次要我們一起大聲念『mirai、mirai、mirai』。雖然還沒學過『ra』字，可是為了知道『mirai』，老師要我們照著黑板的字寫呀。老師說『mirai』就是明天的意思。」

寫信給你的同時，腦海裡浮現了清高所寫的「未來」。

我們過去幾次的通信幾乎都在談論往事。比較兩人寫的信，似乎是我提到往事的次數多了些。但是比起我，你其實更執著於過去吧。你幾乎是著迷地拘泥於十年前那件事所衍生至今的所有事。然而，過去是什麼呢？

最近我才確實認為：我的「現在」源自於我的過去。雖然不是什麼大不了的新發現，是極其自然的道理，但我從未仔細思考過，有種發現新大陸的感受。「過去」的確在累積「現在的我」時產生了極大作用。

那麼「未來」會怎麼樣呢？是否因為我的過去，我的未來已經成了定局無法改變呢？我不得不認為：不可能，不會這麼愚蠢的。因為清高教了我這一點。看著清高讓我感覺到勇氣。感到失望沮喪的時候，看著清高就能讓我重新振作，立刻再度湧現鬥志！

清高一開始並不會坐立，學會喊爸爸媽媽也花了五年的時間。自己能扣上、解開鈕釦更是不知費了多少的努力與時間。清高即將九歲了，學習使用枴杖走路的速度比一年前進步許多，嘴裡也能慢慢清楚說出「namamugi（生麥）、namagome（生米）、namatamago（生雞蛋）」這個繞口令，逐漸能夠表達自己的意思。

就連我以為不可能的數字計算，即便花了很長的時間也學會了，現在正在學習二位數加法。我相信總有一天一定能夠讓清高像個正常人一樣，也許要花十年，不，就算是二十年也無所謂。或許會有超越不了的界限也說不定，但我願意努力培育清高，就算不是完全正常，也要盡可能讓他具有接近正常人的能力，足以自力更生。

就算只會倒茶也無所謂，就算只能將商品放進紙箱裡也沒有關係。我一定要讓清高成為一個能夠工作的獨立的人，一個儘管只有微薄薪水也能驕傲地領取的人。

你寄給我的幾封信讓我想了很多。生下清高的，不是別人，就是我自己。這麼想當然耳的事實，對於我也是一個新發現。

我曾經認為天生背負著不幸來到這人世，或許是清高自己的問題，也可說是他的業。這想法的確沒錯，但是有一天新的想法像青天霹靂般啓發了我：其實不單是清高的問題，那也是我身為這種小孩的母親的業呀！

我錯了，有一段時間我懷著恨意，認為都是你的不對。說實在的，我只是遷怒罷了。根本不是別人的錯。清高天生的缺陷就是我人生的業，或許也是他父親勝沼壯一郎的業。想到這裡，我不禁要問：我該如何穿越自己的業呢？一切是我自己造成的，面對未來我又該如何前進呢？不對，就算清高有缺陷也好，我還是應該盡可能讓他學習像個正常人，我能做的就是不管如何都要真誠地活好「現在」，不是嗎？

身為清高這種小孩的母親，我絕對不能生活在虛無悲觀的世界裡。請你好好看著吧！我一定把清高培育成能到別人公司好好工作的人。

一不小心就說到了清高的事，還一副說教的口吻，但請你不要誤會，我只是擔心你太拘泥於「過去」而遺忘了「現在」。

我又想起父親說過的話：「人會變的。人時時刻刻在變，是很奇怪的生物呀。」父親說的沒錯。你「現在」的生活方式肯定會帶給你的未來更大的改變。往者已矣，過去的事情不復可追。但是過去依然存在，它成就了今天的自己。相信你和我也已經意識到「現在」存在於過去和未來之間。

請你千萬不要以為我在說教而生氣撕了信，我是真的很關心你。之前你在信上提到令子所說的話讓我十分不安。她說「人家覺得你可能會死嘛」。我想令子一定很了解你，就算你嘴上不說，她也很清楚你這個人。

噢，請你千萬不要尋死。只要一想到這點，我的胸口簡直就要撕裂了。你為什麼要到嵐山去？又為什麼要去住在「清乃家」那個出事的房間呢？簡直就像是個二十歲青年的感傷，不是嗎？而且居然還明目張膽地透過女服務生的話語來告訴我瀨尾由加子是多麼美麗的女性……

這件事暫且不提。令子所想到的生意，我覺得應該會成功吧。我的直覺很準，你是知道的。的確是有趣而且沒人想到的新商機。

雖然做生意和生活的重要資金少掉了九十八萬六千圓，損失不小，但是拿你和金錢相比，令子應該一點也不覺得可惜吧，所以她才毫不吝惜地把錢交給討債的男人。

我十分贊成你從事這個以美容院為對象的新事業，我有預感你們很快就能爭取到一百五十家客戶。就算客戶增加的速度不是很快，只要努力累積，相信總有一天能達到一百五十家的目標。你能想像清高在能夠用語言表達自己的意見之前花了多久的時間嗎？希望你也能像清高一樣一步一步慢慢來。想得悲觀一點，跑了一個星期總會找到一家店願意跟你們簽約吧。一個月四家、一年四十八家，三年就能達成目標了，不是嗎？只要三年呀。

這之間或許會有資金的問題，也可能遇到意料外的障礙，但我相信令子是個堅强的女性。在她沉默溫和的性格底下，其實潛藏著大阪女子堅毅不拔的韌性，她一定是這種人不會錯。她一定比你更堅强更執著，而且對你的愛十分强烈。我知道的。不對，應該說只有我才知道。

每次當你叫苦連天抱怨，打算放棄才剛開始的事業，令子就會出面幫助你。她就是這種日久見實力的女性。我誠心真意為你祈禱。雖然我沒有信仰，不知道該向誰祈禱，但我還是衷心祈禱。對了，我要向宇宙祈禱，我要向永恆無止境的宇宙祈禱，祈禱你的生意成功、祈禱你有幸福的未來。

請繼續回信給我，我誠心期待著。請務必回信給我。

勝沼亞紀　謹上

九月十八日

附記：我居然忘了寫。你在回信的一開始寫說我是可愛的妻子，雖然出身大小姐有些任性，但仍不失為一種魅力。讀信的時候，我的臉不禁發燙了起來。既然你有我這麼可愛的妻子，為什麼還要跟其他女性維持一年的關係呢？你說這就是男人的本性，我實在無法苟同。之後你提到對我現在的丈夫的一些意見，其實我自己最清楚。對勝沼而言，我並不算是個好妻子。至少我沒有把他當作丈夫一樣愛他。所以你的短暫夢境，對我而言卻是多麼悲傷的夢境。還有那件對我來說是驚天動地的往事，讀到父親的戀情，我不禁驚訝於男人這種動物不論活到什麼歲數還是目眩神迷於美麗的女性。可讀著讀著又覺得好笑起來。不過我要謝謝你，因為我一直以為你十分怨恨我的父親。

致　勝沼亞紀女士

前略

過去、現在、未來……你充滿說教意味的一番話，我會當作是你的真心話；同時也當作是撫養清高這種天生有缺陷的孩子的母親、一個過去甚至今後還要繼續努力奮鬥的女性所提出的規勸。實際上我已經快三十八歲了，行事卻還像個毛頭小伙子。

誠如你所指責的，我實在不知道為什麼去「清乃家」那個房間住宿。就因為我是這種男人，這十年來我不斷墮落，就像是丟棄在臭水溝裡的破鞋一樣。

然而我現在很努力工作，而且是走遍整個大阪市努力地工作。

每天早上九點將樣本刊物、簡介和訂契約需要的訂閱單等資料塞進公事包，令子也和我一樣的裝備，兩人一起前往車站，然後分道揚鑣，各自搭電車邁向當天預定的區域。

大阪市內由令子負責，郊外的枚方市、寢屋川市、堺市一帶是我的活動範圍。由於最近幾乎大部分的路邊都禁止停車，常常在美容院內說得正在興頭上時，車子已經貼上違規停車的罰單。偏偏美容院又多半在商店街、車站前面熱鬧的區域或車子開不進去的巷子裡，於是我們有了結論：與其開車，不如走路跑外務要方便許多。

我一手拿著地圖走路，一邊東張西望尋找美容院招牌。一發現美容院，首先觀察店面外觀。那種玻璃骯髒、不太像是有心招攬客戶的店，就算再大間，通常對我們的宣傳刊物也不太有興趣。反而是那種店面不大，尤其是老闆一個人苦心經營、在店門口和牆上貼滿流行髮型的模特兒照片或掛上「週末假日以外九折優待」等海報的小店，一開始會困惑，但只要我們熱心說明，對方也會顯得有興趣，然後表示「那就試訂一個月看看」，願意在訂閱單上簽名蓋章。

一天大約洽談二十家美容院。如果那一天一家都沒談成，兩腳便感覺特別痠疼。有一次在場末的一家小美容院，胖得像隻豬的老闆娘聽著我說明，突然生起氣來。我覺得很驚訝，後來她才迂迴婉轉地要求我應該稱呼她「老師」。我實在難以理解，不過是間小美容院的老闆娘，為什麼非要人叫她老師才甘願呢？「這是美容業界的規矩，美容院的老闆就該稱為老師。」她狠狠教訓了我一頓，最後竟然還拒絕。「花二十塊錢買張破紙給客人，未免太浪費了。」

從此不管進入什麼樣的美容院，不管對方看起來是否像個員工，我都先問：「請問是老師嗎？」有時候花了一小時緊迫盯人，眼看老闆就要簽約了，旁邊殺出年輕的實習生說：「客人收到這種東西也不會高興的。老師還是不要吧。」因為這樣而推銷失敗的情況我遇過好幾次。可是也有上午走進三家店，三家都跟我簽約的好事情。

就這樣跑了三個星期，我穿破了一雙皮鞋。兩隻鞋子的鞋底都是大腳趾的位置破洞，腳跟部分也爛得可以。為了跑業務買的新鞋子，才三週就報銷了；

不過我那一向鬆軟無力的腿卻變得跟登山家一樣矯健。

這三週，令子簽了十二家，我簽了十六家的新契約，加上上個月的二十六家，已經增加為五十四家了。此外，以郵寄方式寄給近畿一帶五百家美容院的宣傳資料，也有十二家店表示願意訂閱，加起來就有六十六家店了。

我覺得這種找尋美容院的過程簡直跟人生是一樣的道理。有時站在十字路口考慮要往哪個方向前進，於是決定向右轉，漸漸地發現路上行人愈來愈少，好像來到了工廠區。心想這裡應該不會有美容院，但已經走了相當的距離，不可能再走回去，只好傻傻地沿著工廠的路繼續走下去。好不容易來到像是鬧街的路上，天色已暗，偏偏又不知道自己身處何處，該走哪條路回家。最後往往按捺住想當場坐下來休息的衝動，身體疲憊地踏上歸途，不再繼續探訪美容院。

有時在十字路口，決定好往哪個方向移動後，走沒幾步路就發現到處都是新蓋的住宅，立刻遇見新開張的美容院，輕鬆談妥訂閱事宜。向左走向右走，一如人生的選擇。每天我都抱著這樣的感慨，繼續走在路上打拚。

送貨到六十六家店就不得不開車了。上個月只花了一天就送完貨，這個月則花了三天。送完貨後，我足足休息了三天。之後我又上書店選購適合宣傳刊物的參考書籍，回到家看見令子低著頭坐在書桌前，一臉不太對勁的神情。我問她怎麼了，她也不回答。等到我躺下來看電視，她終於忍不住開口問「勝沼亞紀是誰」。

我吃驚地看著令子。我將你寄給我的信都收在自己桌子最下面的抽屜裡。以前令子在超市上班，整天在家鬼混的我不必在意她，總是隨便到信箱拿你的來信。但是自從兩個月前令子投入這個新事業後，我便跑去拜託擔任管理員的歐巴桑，請她偷偷將我的信取出來，私下再交給我。為此我塞了一張五千圓大鈔給歐巴桑，歐巴桑露出牙齒一笑地答應了，所以我不知道令子是怎麼發現的。

看我沉默不語，令子從我的抽屜裡拿出整疊你寄給我的信，放在我面前。從今年戳印一月十九日開始的七封信，每一封信都厚得嚇人，一封接著一封寄來。「究竟這個叫做勝沼亞紀的女人是誰？」令子質問我。

信都開封了，令子只要讀過就應該知道答案，所以我判斷她應該還沒看過。令子大概是忍著不讀，等著我歸來吧。

「第一封信署名是星島亞紀，第二封信以後都是勝沼亞紀，到底這個女人是誰？」她想知道關於你的事。「你嫉妒嗎？」我笑問。令子抬起眼睛看著我：「人家才不嫉妒。」

「信都拆封了，你為什麼不先偷偷看過呢？」

令子低著頭說：「人家才不會隨便讀別人的信……」

我從來沒有跟令子提過半句自己的過往，只有那次開車跑外務時說到以前住在生野區。我看著你信上的郵戳，按照寄來的順序排好，告訴令子可以讀這些信。在這裡我必須向你致歉，沒先徵求你的同意便擅自把信拿給別人看。我認為，一旦讀完你寫來的幾封信，就算我不明說，令子應該也能明白一切吧。

七封都是很長的信。令子坐在桌子前讀起信來，這段時間我則是一直看電視。之後我心想她該要做晚飯了吧，卻見令子專心讀信讀入迷了。「我去外面吃個飯，可以嗎？」令子眼不離信地低聲回答一句：「嗯。」

我在附近的餐廳用過晚餐後，又到車站前的咖啡廳喝杯咖啡。三十分鐘後覺得有些無聊。我向咖啡廳老闆借了紙筆，思考今後要以什麼樣的行銷方法達到一百五十家客戶的目標、下個月的宣傳刊物要放些什麼內容，同時記錄目前虧損的金額和剩下的儲蓄各有多少。

我一隻手撐著頭，看著寫在紙上的數字，想到自己很久沒上理髮廳，明天該去剪頭髮了。隨即又靈機一動想到：同樣的方法不也可以用在理髮廳的宣傳刊物上嘛！作業系統是一樣的，既然是理髮廳，只要將內容改為以男性為閱讀對象就好了。沒錯，不只是美容院，理髮廳也行。不過不必心急，等美容院這部分上了軌道，賺的錢夠吃飯之後再說吧。

我走出咖啡廳，經過公寓門口，穿過小巷往印刷廠走去。寫有「田中印刷」字樣的玻璃窗緊閉，窗簾也拉上了，但是工廠的燈光亮著，聽得見機器轉動的聲音。我拉開玻璃門，看見手上戴著沾滿黑色印刷用油污手套的老闆，正在檢查墨彩淋漓的凸版。

「還在忙呀？」身材矮小、滿頭花白頭髮、不時眨著小眼睛的老闆停下手邊工作，親切地笑著打招呼：「歡迎光臨。」地面上到處是油墨罐、試印的廢紙，教人不知道腳該往哪裡踩。空氣中充滿油墨、紙張的味道。釘在牆上的直條木箱裡塞滿了好幾千個鉛字，在日光燈的照射下閃閃發亮。

老闆從屋裡搬來椅子要我坐下，邊脱下手套邊說：「這個月又增加了四十間呀。照這個樣子下去，馬上就能做到一百五十間了。」

我向他道謝：「細節的部分都要感謝老闆處理得很漂亮。」

「我認為你們能做到五百家。五百家店就是十萬份，況且有些店家一次拿兩百份根本不夠，少說也要拿四百份、六百份吧。超過十萬份的話，現在一份七塊錢的成本就能降到五塊錢。像你們這樣能付五十萬現金的客戶，我們這種小印刷廠去哪裡找呢？你們可不能換別家印呀。」印刷廠老闆一臉認真地表示。於是我將剛才在咖啡廳想到的主意透露給老闆知道。

「這個主意不錯呀。」老闆拍膝蓋表示贊同。「到處跑美容院，當然也不能忘記了理髮廳。說不定理髮廳訂閱的更多。最近理髮廳也多了，以前那種做生意的時代已經過去了。你一定要試試看！其實一開始我也懷疑會賺錢嗎，可是看了你們的發展，也不得不改變想法。」

老闆雙手盤在胸前，對著天花板低喃說：「理髮廳五百家，美容院五百家，合起來就是一千家。那就是二十萬份呀！」他爬上店裡的樓梯，從二樓端出啤酒和杯子。我們邊喝啤酒邊聊了將近一小時。因為想早點告訴令子這個主意，便向想留住我的老闆道謝告辭。

走路的時候，我心中想著：一千家呀。慢慢來吧，十年一定能做到一千家。想到十年的歲月，我就像是個只剩一球定勝負的投手一樣，不禁感慨萬千。

令子離開了桌前，靠在房間一隅的牆邊繼續讀信。我偷偷上前一看，快讀完你的第四封來信了。

「難道打算一口氣讀完嗎？晚飯不吃了嗎？」令子只是「嗯」地回答一聲，連頭也不抬一下。我自己鋪好棉被，換上睡衣後躺下，打開了電視。

令子趴在我的被窩旁邊閱讀第六封和第七封來信。她讀完信，已經是十二點左右。

她將整疊信放回抽屜裡面，站起來關掉房間的燈，然後打開廚房的燈，從冰箱裡拿出剩菜當晚餐吃。我關上電視，站起來坐在令子旁邊的椅子上，點起一根菸。令子哭了，邊哭邊大口吃著涼拌豆腐、美乃滋火腿片配白飯，不時以手背拭去淚水，吸吸鼻子。不管怎麼擦拭，淚水還是從令子圓滾滾的大眼睛流出來，沿著雪白的臉頰滴到桌子上。

吃完飯，令子還是邊哭邊洗碗、洗臉刷牙、換上睡衣、在我的被窩旁邊鋪上自己的棉被，一句話也不說地躺下，棉被整個蒙在頭上。

我一個人呆坐在廚房椅子上，看著躲在被窩裡一動也不動的令子，過了一會兒才起身靠近她。慢慢掀開她蒙在頭上的被子，令子眼睛張開，繼續在被窩裡面哭泣。

我問：「為什麼哭成這樣呢？」令子睜著紅腫的眼睛看著我，手伸過來將我拉進被窩，以指尖輕撫我的傷痕。

令子只是讀了你寄來的七封信，並不知道我寫給你的那五封信的內容，但是她卻緊緊抱住我說：「人家喜歡你以前的太太。」她說了這麼一句，之後不管我跟她說什麼，她都不回話。我從令子的被窩裡爬出來，拿出抽屜中你的信放在廚房餐桌上，一個人沉默抽著菸，凝視成疊的七封信。

你曾經寫過：早知道我們之間的書信往來總有一天必須結束。我看著躺在被窩裡不知道是睡著了還是打飽嗝的令子，心想是該結束的時候了。

我想這封信將是我寫的最後一封信。這封信投進郵筒後，我將繼續朝著下一個目標：寢屋川市的美容院，大街小巷地前進開拓。也許幾年後，我會在阪神電車的香櫨園車站下車，經過那令人懷念的住宅區，也可能經過你位於網球場前面的家。我會悄悄眺望你的家、眺望那棵古老巨大的金合歡樹，然後又悄悄離去。祝福你生活平安幸福。我也衷心祈禱清高將如你所願地長大成人。

有馬靖明　草字

十月三日

致　有馬靖明先生

前略

我坐在網球場的藤花棚架下，享受溫暖安詳的秋陽，展讀你最後的來信。眼前浮現了你一隻手拿著地圖穿梭在大街小巷的情景。

讀完你的信，我心想這也該是我寫的最後一封信，卻因為不知道該如何下筆而延宕了好幾天。

十月過去，進入十一月，我還是無心提筆。那一天是星期四，一個日暖晴好的近午時分，父親難得說要休息不上班，然後坐在庭院看樹。突然間他說要去為母親掃墓，問我要不要一起去。那天並非彼岸日[3]或母親的忌日，但我還是想一道前去。

我拜託育子在三點半校車到達車站前時去接清高，並趕緊去換衣服。父親打電話給公司，叫司機開車來家裡，然後拿出一套訂做之後一次也沒穿過的橄欖綠色西裝。「我覺得顏色太鮮豔了，你看怎麼樣？」我倒是覺得那套西裝很適合父親。我和父親等待車子開來之際，只隨便吃了點東西，因為父親說：「掃墓之後帶你去吃大餐，午餐先簡單墊點肚子。」

你也曾經和我及父親一起去為母親掃墓。記得那時候我們新婚不到一個月，做完母親第七年的忌日法事後，我們三人一起到山科那個包圍在樹林裡的小墓園祭拜。山科是母親出生的地方，父親特意選購了墓地，將母親埋骨於那裡。

聽見司機小堺的聲音，我和父親出門上車。父親對小堺說：「載我們去山科吧，我們要去給我太太掃墓。」小堺當爸爸的司機已經十五個年頭了，十月上旬他的長女才剛舉辦結婚典禮，聽說次女也預定在明年一月完婚。我對他表示：「好快呀。」小堺邊開車邊說：「我都快破產了。」我問為什麼兩個女兒緊接著出嫁呢，父親笑著替小堺回答：「不趕快結婚，小孩都要生出來了。」我也笑了。小堺一隻手輕敲自己的頭，害羞地苦笑說：「已經七個月大了，快的話，舉行婚禮的一月十日之前說不定會出生。我就是擔心這個呀。」

車子下了名神高速公路進入京都，沿著國道往山科的方向開去。我看見一家花店，要小堺停下車來，父親卻說：「不必買花了。看見墳前乾枯的花朵反而覺得難過。就算供新的花朵，不久也會枯萎。我最討厭人家在墳前供花或是供糕點。」

於是車子繼續開動，父親自言自語說：「墳墓不需要什麼裝飾，只要刻上名字就好。」不久看見了田園，我們駛進農家並列的山村裡。車子開在蜿蜒的山路上，穿越樹叢的包圍繼續前進。父親說：「又到了紅葉漂亮的時節。」

墓園設在小山丘的斜坡上。寂靜的墓園迎著風，隱藏在無數樹木繽紛的葉片下。墓園入口有間小屋，裡面坐著一位老人。那是間供人遮風避雨、僅能容納一人的小屋，裡面傳來濃烈的燃香味，裡頭擺著蠟燭、線香、小水桶、杓子。

我們借了小水桶和杓子，帶著汲滿清水的小水桶爬上墓園的低緩山道。小堺也下車說要一起祭拜，尾隨在我們身後。母親的墓碑位於墓園最上方，小型墓碑上僅刻著「星島芙美，歿於昭和三十八年十二月十四日」。

落葉鋪滿墓碑四周，我走下斜坡到老人所在的小屋借來竹掃帚和畚箕。我正要打掃母親墓碑周圍，父親制止我。「這樣子就好。不管怎麼打掃，枯葉還是掉滿地，沒完沒了。始終都有風吹雨打、埋覆在落葉中、爬滿了青苔……所以這樣子就好。」父親也沒把水桶裡的清水澆在母親的墓碑上，只是靜靜看著墓碑。我向父親借打火機：「至少燒個香吧。」父親生氣地表示：「燒三炷香就好了。一次燒太多香，墓碑都給熏黑了。」於是我聽從父親的話點燃了三炷香。

如果母親還活著，儘管出了那件事，她還是會反對我跟你離婚吧。母親在我十七歲那年過世，所以她完全不認識你，可是我就是有那種感覺，不禁入神地盯著被落葉覆蓋的小型墓碑。再怎麼說些「如果」、「假使」的話也無濟於事，盡提些無濟於事的話題就等於是抱怨發牢騷了。這三十五年來，說到我所失去的最貴重的是什麼，應該就是母親和你了。可是我注視著墓碑，心中同時想到你最後一封來信，不禁感覺失去了更多。我、父親和小堺沒有交談半句話，站在墳前將近二十分鐘。等到燃香的最後一絲煙散去，父親才說：「我們走吧。」

回到車上，父親跟小堺說：「我們去那裡吧。」車子不沿來時路開回去，而是繼續沿著蜿蜒山路行駛。樹木益發深綠，正當我心想車子要開往哪裡，我們已經來到大門壯觀的高級餐廳前。店名叫做「志乃田」。看似和爸爸很熟的領班出來迎接，引領我們走進屋內。不論是擺設還是建材、從每一間包廂都能觀賞到庭園的設計，不難想見這家餐廳花費了多少金錢和時間才建好。父親也邀請小堺一起用餐，但是他客氣婉拒，說用過午飯了，想一個人留在車裡聽收音機。

光是庭院就有一千坪左右吧。造型簡潔但照顧得宜的大樹、滿覆青苔的岩石，構築出風格調和的庭園景觀。

一位身穿和服的女性立刻出來向父親和我打招呼，她看來年紀跟我不相上下，或許長我一些。父親向我介紹：「這位是老闆娘。」接著也跟對方介紹我是他女兒，請對方準備老菜色。

我故意嬌嗔說：「原來爸爸有這麼一個祕密的家呀。」父親說明：「這裡是招待客戶的場所，大約從五年前開始光顧。這位老闆娘背後可是有大財主支持，名字是誰我就不知道了。」

接著京都料理送上，老闆娘從容應對，將菜肴一一端上桌。我則利用這段時間欣賞庭院裡那個紅葉燦爛、萬綠叢中一點紅的角落。

老闆娘離去後，父親問我：「你覺得那女人怎麼樣？」

「不論是和服或是腰帶，她身上穿戴的都很華麗，人又長得漂亮。」

「那個女人很有錢、人也漂亮、頭腦又好、會做事，就是聲音不好聽。」

「聲音不好聽又有什麼關係呢。」

父親正色說：「聲音當然重要，足以顯現出一個人的本質。」還補充說道，好的醫生能從聲音微妙的變化聽出當天病患的健康狀態。「那個女人的聲音沒有氣質。」父親拿筷子夾起盛放在漆器裡的京都料理，說完後臉上一笑。

用完餐後水果，過了一陣子，父親指著庭院的對面說：「那裡有石階，走到最上面是座小神社，從那裡眺望紅葉堪稱一絕。」然後穿上餐廳方便客人走出庭院的拖鞋說：「亞紀，你也一起來。」

我感覺父親大概是要跟我說什麼話，於是隨他一起踏上庭院，走在他的身後。

一如父親所說，大松樹後面是一道長長的石階。我們一起踏上那道兩人並行稍嫌狹窄的石階。石階很長，爬到盡頭幾乎喘不過氣來。

我和父親拿出手帕鋪在石頭上坐著歇息。我靜靜看著父親的背影，試著問：「是不是該退休了？」

「活到這把年紀總算才知道工作的滋味，開始有做事才算活著的感覺。我還要繼續做下去。」父親看著茂盛的紅葉，沉默好一陣子才又說話：「我聽育子說，前一陣子你收到很多信，上面都是不同的女人署名，每一封信都很厚。大約是一個月前吧，那一天我中午出門上班。車子來到大門口接我，我因為看見信箱裡有信便拿了出來。是寄給你的信，上面署名濱崎道子，我就把信交給育子，然後上車。」

說到這裡，父親回過頭來看著我，悠悠說了一句：「很懷念的筆跡。」

我和父親默默無言，四目相對了好一陣子。終於父親先開口說：「有馬現在怎麼樣？」我原想對父親全盤托出，卻又不知從何說起，於是把一年前在藏王和你偶然相遇、之後我們開始通信、那椿事件的經過、你和瀨尾由加子的關係、現在從事的新事業等，不按照順序、支離破碎地一一說明。說話時聲音顫抖，眼淚忍不住撲簌而下。

父親語氣沉穩地安慰我說：「慢慢說，不要激動。」

說完後，我的心臟跳動得很激烈，久久不能平復。父親沉默很久，眼睛看著下方問道：「勝沼在大學領的薪水有交給你嗎？」我答道：「有。」父親一副若有所思的樣子，突然說了一句：「那傢伙和有馬不一樣，簡直一敗塗地。」

父親說他調查了勝沼。「他在神戶有個女人，你應該早就知道了吧。兩人之間已經有個三歲的女兒。」父親點了一根菸繼續說：「他大概有兼差籌錢吧。你討厭勝沼嗎？不可能喜歡上他嗎？」不等我的回答，又語帶生氣地表示：「想分手就分手好了，那是你的自由。沒有必要跟討厭的男人共度一生。他是我硬要你嫁的男人，我實在不會看人。你總是因為我而吃盡苦頭。」說到這裡便噤口不語。

我控制住聲音的顫抖，好不容易開口說：「是我讓勝沼變成那樣的。結婚之後吃盡苦頭的人是勝沼。可是我真的就是無法喜歡上他。」

之後我也安靜了好長一段時間。父親眺望紅葉，身體動也不動地保持沉默。我心中想著勝沼的事。在過去幾封信中，我故意不太提自己的丈夫勝沼壯一郎。這現象已經說明了我對勝沼的心意。可是勝沼絕非壞人；身為清高的父親，儘管嘴裡沒有明說，他所持有的哀憐心情與愛情其實並不亞於我。

他成日閱讀有關東洋史的艱深書籍，不論是對自己的研究還是大學裡聽講的學生都很真誠。為了鍛鍊清高，我常常看見他在庭院的草地上很有耐心地與清高玩接球的遊戲，之後也一定盤腿坐在客廳地毯上，抱著清高聊父子之間的體己話。為什麼我就是無法喜歡這樣的人呢？我究竟是抱著怎樣的心情看待勝沼呢？

我想到：萬一父親過世怎麼辦？父親即將七十一歲了，我不知道他能否長壽到看清高長大成人。我看著背對而坐、身穿橄欖綠西裝的父親，腦海中卻浮現和清高說話的勝沼的臉。我感覺喉嚨有著強烈的壓迫感，坐立難安。黃昏巷道裡，勝沼和那個女大學生在別人家門口擁吻的身影——是的，不是他們實際的形體，而是黑影閃過我的心中，這時我才頭一次感覺到對勝沼有一種類似愛情的情愫。

我站起來環視周遭的蓊鬱樹林，好幾百種紅色、好幾百種黃色、還有好幾百種綠色、褐色，在秋陽中舞動。我對父親說：「我要跟勝沼分手，好讓勝沼解脫，讓他成為那個女人的丈夫，讓他成為那個三歲女孩的父親。我不再結婚了，我要努力養育清高。爸爸，請幫助我。」

父親又抽了一根菸，將菸蒂丟在地上捻熄。父親回過頭看著佇立的我，微微一笑說：「好。」然後起身往滿是青苔的長石階走下去。

為了寫這封信，我將你寄給我的來信又重讀了一遍，許多事浮上心頭。每一件心事都如綾羅綢緞，無法訴諸文字。只有一件事我要明寫出來。曾經看過自己生命本質的你寫道：因此對生存感到害怕。可是說實在的，你難道不也發現了走在你那說短也短、說長也長的人生路上所需要的最强力糧食嗎？

該如何結束這封寫給你的最後一封信呢？我握著筆不知如何是好。我不知道為什麼會從莫札特的音樂想出那句話：「生和死或許是同一件事。」好像突然從天而降的一句話似的，可是這句話偶然放在信中卻成為你教懂我許多事情的引信。而那是我絕對沒說過的話，是「莫札特」老闆誤以為從我嘴巴說出來的話。那句「宇宙奇妙的造化、生命奇妙的造化」，如今深深帶給我類似恐懼的情懷。

以刀子割喉自盡的瀨尾由加子；看著死去的自己而又死裡逃生的你；年事已高反而更加投入工作的寂寞父親；和別的女人擁有另一個祕密家庭、生有三歲女兒，或許也很煩惱如何做好人父的勝沼壯一郎；在你看著貓吃掉老鼠的同一時刻，坐在附近大理花公園的長椅上仰望無垠星空的我和清高。我們的生命隱藏著多麼不可思議的法則呀。

繼續寫下去也許沒完沒了，終於還是到了該擱筆的時候。我將對著這個宇宙祈禱，對著這個擁有奇妙法則的宇宙祈禱你和令子的生活幸福美滿。當我將這信紙放入信封、寫好名字、貼上郵票之後，我將播放好久沒聽的莫札特第三十九號交響曲。再見了，請好好保重身體。

再見。

勝沼亞紀　謹上

十一月十八日

3——春分與秋分別稱「彼岸日」，日本人在此日與前後三天掃墓，是源自佛教的習俗。

文藝系 014 015

錦繡(錦繍)

作者　宮本輝
譯者　張秋明
特約編輯　小調編集
美術設計　POULENC
編輯行政　高嫻霖

發行人　林依俐
出版 / 青空文化有限公司
100台北市中正區忠孝西路一段50號22樓之14
電話:02-2370-5750
service@sky-highpress.com

總經銷 / 大和圖書有限公司
電話:02-8990-2588
印刷 / 前進彩藝有限公司
2020(民109)年1月初版一刷
定價 340元
ISBN 978-986-97633-3-2

國家圖書館出版品預行編目(CIP)資料

錦繡 / 宮本輝著; 張秋明譯.-- 初版 --
臺北市:青空文化, 民109.01
256面;13x18.6公分. --(文藝系;14-15)
譯自:錦繍
ISBN 978-986-97633-3-2(平裝)
861.57　　108020506

讀者回函卡

1.您是從哪兒得知《錦繡》的？
□書店　□網站　□Facebook粉絲頁　□親友推薦　□其他

2.請問您購買《錦繡》是為了？
□自己讀　□與伴侶分享　□與家人分享　□送給朋友　□其他

3.《錦繡》吸引您購買的原因？
□品牌知名度　□封面設計　□對故事內容感到興趣　□與工作相關
□親朋好友推薦　□贈品　□其他

4您是從何處購買／取得《錦繡》？
□博客來網路書店　□讀冊生活TAAZE　□誠品書店　□金石堂書店
□一般書店　□網路書店　□親友贈送　□其他

5讀完這期之後您會繼續購買宮本輝系列其他作品嗎？原因又是如何？
□會，
□不會，

6讀完《錦繡》，您對本書或青空文化有什麼感想、建言或期許？

基本資料
姓名
性別：□男□女　婚姻：□已婚　□未婚
生日：西元　　年　月　日
行動電話：
E-mail：
通訊地址教育程度：□高中職（含）以下　□專科　□大學　□碩士　□博士（含）以上
職業：□資訊業　□金融業　□服務業　□製造業　□貿易業　□自由業　□大眾傳播　□軍公教　□農漁牧業　□學生　□其他
每月實際購書（含書報雜誌）花費：
□300元以下　□300~500元（含）　□501~1000（含）　□1001~1500（含）　□1501以上~

廣 告 回 信
臺灣北區郵政管理局登記證
第 0 4 8 2 9 號

平 信

10041
台北市中正區忠孝西路一段50號22樓之14
青空文化 收

文藝 014 015 書號：BG0014-15

書名：錦繡